菩提系列散文 之一

紫色菩提

林清玄

著

作家出版社

（京权）图字：01-2017-3111

图书在版编目（CIP）数据

紫色菩提 / 林清玄著 .—北京：作家出版社，2017.11（2019.2 重印）
（林清玄菩提系列散文）
ISBN 978-7-5063-9453-6

Ⅰ.①紫…　Ⅱ.①林…　Ⅲ.①散文集—中国—当代　Ⅳ.① 1267

中国版本图书馆 CIP 数据核字（2017）第 079918 号

本著作物经厦门墨客知识产权代理有限公司，由九歌出版社有
限公司授权作家出版社，在中国大陆出版、发行中文简体字版本。

紫色菩提

作　　者：林清玄
责任编辑：省登宇
助理编辑：张文剑
装帧设计：粉粉猫
出版发行：作家出版社有限公司
社　　址：北京农展馆南里 10 号　　　邮　　编：100125
电话传真：86-10-65067186（发行中心及邮购部）
　　　　　86-10-65004079（总编室）
E-mail:zuojia @ zuojia.net.cn
http://www.zuojiachubanshe.com
印　　刷：三河市北燕印装有限公司
成品尺寸：142×210
字　　数：190 千
印　　张：7.75
版　　次：2017 年 11 月第 1 版
印　　次：2019 年 2 月第 3 次印刷
ISBN 978-7-5063-9453-6
定　　价：35.00 元

目 录
CONTENTS

自　序

"有一天我也会这样老去！有一天我的身体也会在这个有形的世界里消散！"

去年，父亲出殡的日子，我在他棺木上撒上最后一把泥土时，心底突然萌发了这样的意念。想着："在这个世界里我永远不可能再看见我最敬爱的父亲了，如果他仍有知，他是到哪里去了？他是不是可能回到我的梦里，告知我另一世界的事呢？"

一年过去了，父亲从未进入我的梦中，我不知他神识归往的所在。

我只好回来问自己。如果我的身体在这世上消散，我是不是有来生？如果有来生，我将往何处去？我是否有足够的修为或幸运去往生阿弥陀佛的西方净土？或者往生药师如来的琉璃净土？或者乃至十方三世一切诸佛的国土？

我能不能清清楚楚地前往我渴盼去的所在呢？

万一我不能去，我又应该怎么办？

1

对于死亡的问题虽然是可感受的，但它离我们仿佛还遥远，很少人在心里有很好的准备，就像我的父亲一样，问遍认识他的人，全部都可以告诉我，父亲是毫无疑问的好人，他辛勤、负责任、热爱生命地过了一生。然而父亲在医院病床上的最后几天，仍然深信自己会痊愈回家与我们相聚，对于可能前往的世界还一无所知。

对于死亡，我们可以如此肯定地说：差不多只有极少数的人有完全的心理准备；至于知悉死后世界的心理准备，更谈不上了。

我其实也没有面对死亡的准备。虽说我从经典上知道了死的实情以及死后的世界，但是父亲死的时候依然带给我极大的震吓与哀恸。

我想，我们很难坦然面对死亡，面对自己在父母妻子兄弟姊妹之间的消失，这原是无可厚非，因为死亡时常是突然来到，而不是等我们一切就绪才上路的。

那么，退一步吧！

我们是不是能面对老呢？我们每年每月每日每时每分每秒每亿万分之一秒，无不是在老去，在接受老的事实，或者说是老在迎接我们的事实。美人老得凄凉，英雄老得悲切，一般人老得无可奈何。我们不但无法拒绝死亡，甚至连老去都无法抗拒。

老的时候我们希望拥有什么？

巨宅、田园、财富？

名声、荣誉、权位？

妻妾、美女、子孙？

快乐、平安、健康？

智慧、自在、慈悲？

好像世界上有非常多值得追求的事物，但是有的人追求一生在即将拥有梦想的时候，就不得不入土了。

如果让我选择，我愿意选择做一个有智慧的老人、自在的老人、慈悲的老人，当然，这里面智慧是最难求的。我希望能有什么智慧呢？除了在人生的体会上寻找解决世间事物的智慧之外，我也希望找到人生之外更广大的时空，让我可以告诉后来的人："古早古早古早以前……"或者说："从是西方过十万亿佛土，有世界名曰极乐，其土有佛号阿弥陀，今现在说法。"或者说："东方去此，过十殑伽沙等佛土，有世界名净琉璃，佛号药师琉璃光如来。"

一位有足够智慧的老人，应该能看穿时空的限制，知悉宇宙原不是我们所识见者这般渺小。唯有这样，这位老人才能对死亡毫无所惧。

其实，从佛经无始劫的观点看来，我们人人都是这宇宙的老人，经过无数次生生死死、死死生生，才在同一个时代投生到同一个世界里来，我们已经足够老了，可是为什么我们没有足够的智慧来探知我们死生轮转的宇宙？开启这宇宙的智慧又在哪里呢？

经过多生多世的寻找，我终于有了一个肯定的答案：在佛教的经典里！这一本书就是从佛经的角度出发，企图用文学的语言，表达一些开启时空智慧的概念，以及表达一个人应该如何舍弃与实践，才可能走上智慧的道路。

面对伟大庄严的佛教遗产，我的所知非常有限，看法可能也是浅薄的，但我希望读者把我的《紫色菩提》当成垫脚的石阶，自己去寻找丰富的宝藏。这样，才能化烦恼为菩提，拥有一个智慧的开端。

书名叫《紫色菩提》，紫金色是佛教里最尊贵最上品的颜色，菩提是智慧、是觉悟。我想，进入佛教经典，对我的过去而言，就是一种最尊贵的觉悟，最上品的智慧，这么好的东西，义不独享，所以虽然辛苦备尝，还是把它写了出来。只是希望大家都成为有智慧的人，能坦然地面对无常，面对时光的流逝，甚至面对死亡。

这本书的完成应该感谢我的妻子小鸾，是她用很大力气才把我带进经典里去。感谢我的老师廖慧娟，是她的教化开启，使我找到了真正的自我。感谢孙春华大姐，如果没有她的慈悲心肠，我到现在还在做春秋大梦。

如果这本书有什么功德，但愿功德能回向给法界的一切苦难众生：

愿病苦的人得良医

愿迷路的人得正路

愿暗夜的人得光明

愿贫穷的人得珍宝

愿愚痴的人得智慧

愿众生能绝对平等

愿众生能绝对自由

愿众生能离苦得乐

愿众生能智慧俱足

愿众生能圆满正觉

林清玄

一九八六年六月五日

于安和路客寓

无限水

——五十版序

1

有时，阳台上会飞来一些小动物，鸽子、麻雀、蝴蝶、蚱蜢、黄蜂都有。

鸽子是路过，麻雀是觅食，这是我知道的。我感到迷惑的是，有时会飞来成群的鸽子和喧哗的结队的麻雀。鸽子和麻雀是很不同的鸟，鸽子往往是踱着方步，一言不发，仿佛在那里吟哦什么，纵使是成群的时候，大家也都是默默的；麻雀则不同了，它们好像是永远在那里辩论不停，开着热烈的讨论会，它们也不唱歌，只是说个不停，即使只是一只麻雀，它站在围墙上也是又叫又跳，像个天真的孩子。

偶尔大雨过后，鸽子和麻雀会一起来，这时看到沉默睥睨的鸽子，挺着胸膛威武地看着世界，感觉它们是哲学家，只是不知道小脑袋里在想些什么。麻雀则在鸽子身边穿来穿去，说个不停，就好像在马路上过斑马线的小学生，东张西望，这使我知道什么叫做"雀跃"了。

鸽子和麻雀成群结队来访，带给我的欢喜不亚于午后很少见到的彩虹，我总是用热烈的心来接待它们，撒一点米麦、饼干，邀它们一起来吃下午茶的点心。

从前，要招待这些朋友很不容易，因为它们很警觉、易受惊吓，慢慢地我总是说："不用怕！不用怕！来吃点东西！"它们后来便不再惊吓了，甚至在我的手边品尝着饼干，我说："喝口茶吧！"把茶杯放在红砖上，一只鸽子摇摇摆摆地来饮茶，我的心简直要跳出来了。这时我知道，我们的善意或杀意不管多么细小，众生都可以很快地领受到。

它们吃好了、休息好了，就会展翅飞去，我不知它们来自何方、飞往何处。它们飞来的时候，我感到欢喜；但它们飞去时，我并不遗憾——生命里偶然的欢喜、悟、心灵的光，就像鸽子麻雀突然来到我们的窗前，当它们飞走的时候，我只要保有那种欢喜就好了。在鸽子麻雀飞来又飞去的时候，我常想起一位禅师说的话："以独处之心待客，以待客之心独处。"独处时圆满具足，待客时也有着安静的心。在静虑时保持活泼的状态，而在热闹时也能水澄波静，不为喧哗所动。

2

目送着鸽子麻雀飞远的身影，我会想，我们的生命就像在某一个午后的阳台偶然落足，吃吃米麦、饮饮午茶，有时是等着大雨过后、有时是躲避炙热的阳光，但总有一个时间，我们必会展翅而飞。

虽不知飞来的地方，总希望知道要飞去的方向。

吃些东西、喝点茶、睡个觉、散散步、一些口古的论说、一点点沉思的感觉，这不是我来阳台的目的，我是在飞行的远路上，随缘随兴的息足罢了。洞山良价禅师说："银碗盛雪，明月藏鹭，类之弗齐，混则知处。"我在沉思散步时有如一只鸽子，在雀跃欢喜时有如一只麻雀，不同的是，我要有觉，要散发心灵的光。

我也不知道蝴蝶、黄蜂是如何藏身于这个城市，我的花园里并没有花，但有它们在花上巡狩，我感觉它们是充满生命的花朵了。我更不知道蚱蜢怎么跳上这么高的地方，而它的田园到底是在何处呢？

我想起船子德诚禅师的一首诗：

千尺丝纶直下垂，
一波才动万波随；
夜静水寒鱼不食，
满船空载明月归。

我们于生命的历程中，总想要钓得一些什么，可是不一定要钓什么，或者万顷波浪因为我的垂丝而荡动，在最宁静的夜最冰澈的水中，鱼食不食何有所碍，我就载着自己船里的满空明月回去吧！

午后的时候，我坐着饮茶，等待着，或者不等待着，鸽子、麻雀偶然的来访，或者一只蝴蝶的巧遇，它们来了很好，不来也很好，它们飞来的姿势很美，飞去的背影也很美。

在这无限的生命之水，它们从来就是这么近，不曾飞近，也不曾远去，它们是万波里的一波，是盛载着明月，飞来飞去！

3

《紫色菩提》出版到今天正好满三年，将要印行第五十版了，九歌的朋友希望我写一点纪念性的文字。今天午后在阳台喝茶，想着要如何来写这篇序，正好有几只曾经来造访过的麻雀，在我种的美人蕉间跳来跳去，就使我想到了因缘的不可思议。

那美人蕉的成长也是一种偶然，是去年过年我回旗山家乡，到中山公园去散步，沿路捡到的种子，回台北后随意丢在花盆，未料竟长出四棵，每一棵都非常茂盛高大，已经长到三尺高了。

这美人蕉多么像我，带着故乡的种子与记忆，呼吸着城市的空气活存并长大了。

盛暑的午后，我时常想及家乡每天下午都会准时暴起的西北雨，不知道美人蕉在下午时会不会像我一样，想起那清洗着我们灵魂的西北雨？

一本书的写成、出版、畅销，只是一种偶然的缘起罢了。

"《紫色菩提》的封面为什么用鸽子呢？"许多人这样问我。

那是为了纪念我的父亲林后发，他生前养了无数的鸽子，有许多是名种，有许多曾在远途的飞行比赛中得过冠军，我在童年时候，最兴奋的日子莫过于放鸽子比赛。

鸽子在台湾乡下叫"粉鸟"，一直到现在我们都还无法确知粉鸟是如何从陌生遥远的地方找到回家的方向，用最快的速度笔直地飞回老巢，这一点，是令人迷惑，而充满联想的。

鸽子比赛时，我们会趴在阳台上望着北边，然后看见在极远极远的地方出现几个黑点，愈来愈近愈来愈大，在快到家的时候，鸽子会以一种优雅无比的姿势降落，我们就会用冲刺的速度把鸽子带去验证盖章，多半在比赛时，爸爸养的鸽子都会得奖。

爸爸养的鸽子在我们家乡是颇有名气的。爸爸过世的时候，我们曾商议要怎么处理他留下来的数百只鸽子，最后决定把它们放生。

把鸽笼打开，鸽子并不肯飞走。

后来，把鸽子笼拆了，鸽子也常在屋顶上盘桓。

过了一年多，爸爸养的鸽子才真正飞散了，不过，在某些午后，还会有一些似曾相识的鸽子，回到老家的阳台，来找它们的老主人，我看着阳台上那些恍若沉思者的鸽子，总是有着很深的感触。

所以，《紫色菩提》用鸽子作封面，是为了纪念我最敬爱的父亲。

父亲过世已经四年，但每次想起他的音容笑貌，犹如在眼前。

4

我时常有这样的感觉，一直到今天，我和父亲之间还有着沟通，我们在心灵上并未离开。

就像我有时感觉到自己是一只鸽子，在朝向净土飞翔的路，是一种飞回老家的感觉，我的学佛，是在走向回家之路，而不是另走一条路。

有时感觉自己是一只麻雀，吱吱喳喳，用文章戏论来交谈着佛法，那是希望能更显露沉默时第一义的可贵。

有时感觉自己是一只蝴蝶，是在这冷漠的人间添加一点彩色罢了！

我很喜欢诗人周梦蝶的一首《蓝蝴蝶》，诗里有这样的句子："我是一只小蝴蝶，世界老时，我最后老；世界小时，我最先小。""你问为什么我的翅膀是蓝色？啊！我爱天空。我一直向往有一天，我能成为天空。"

这首诗的最后是这样的：

> 身世几度回头再回头？
>
> 风依旧
>
> 无顶的妙高山
>
> 无涯的香水海依旧
>
> 风色与风速愈抖擞而平善了
>
> 在蓝了又蓝又蓝又蓝
>
> 不胜寒的蝉蜕之后
>
> 你，你可曾蓝出，蓝出
>
> 自己的翅膀一步？

本不为醉醒而设施

也从来不曾醉醒过的天空：

一蓝，永蓝！

你飞，蓝在飞边；

你不，飞在蓝里。

　　我们与这个世界是不可分的，我的书和你的读，我和你，都是不可分的，乃至一只蓝蝴蝶与一片天空也是不可分的。

　　生命美如烟霞，许多相逢与爱都美如烟霞，只要我们看见那烟霞就好了，不要伸手去抓，而是要从烟霞穿出、从迷航穿出，看看那晴空万里的天，还有蓝而又蓝的心。

5

　　《紫色菩提》五十版，已印行十万本了，真是不可思议，如果说有什么功德，但愿能以至诚之心，回向给这世界一切苦难的众生。

　　愿所有走向菩提之路的众生，悲愿如菩萨钻，道心如金刚石，澄明闪烁，转化世界，永不退转，使世界能得到永远的和平。

林清玄

一九八九年六月十五日

于台北永吉路客寓

玫瑰奇迹
——重排新版序

有一天，突然兴起这样的念头：到台北我曾住过的旧居去看看！于是冒着满天的小雨出去，到了铜山街、罗斯福路、安和路，也去了景美的小巷、木栅的山庄、考试院旁的平房……

尽管我是用一种平常的态度去看，心中也忍不住波动，因为有一些房子换了邻居，有的改建大楼，有的则完全夷为平地了。站在雨中，我想起从前住在那些房子中的人声笑语，如真如幻，如今都流远了。

我觉得一个人活在这个时空里，只是偶然地与宇宙天地擦身而过，人与人的擦身是一刹那，人与房子的擦身是一眨眼，人与宇宙的擦身何尝不是一弹指顷呢？我们寄居在宇宙之间，以为那是真实的，可是蓦然回首，发现只不过是一些梦的影子罢了。

我们是寄居于时间大海边的寄居蟹，踽踽终日，不断寻找着更大更合适的壳，直到有一天，我们无力再走了，把壳还给世界。一开始就没有壳，到最后也归于空无，这是生命的实景，我与我的肉身只是淡淡的擦身而过。我很喜欢一位朋友送我的对联，他写着：

> 来是偶然，
>
> 走是必然。

每天观望着滚滚红尘，想到这八个字，都使我怅然！

可是，人间的某些擦肩而过，却是不可忽视的，如果有情有意又有天真的心，就会发现生命没有比这一刻更美的。

我们在生命中的偶然擦肩，是因缘中最大的奇迹。世界原来就这样充满奇迹，一朵玫瑰花自在开在山野，那是奇迹；被剪来在花市里被某一个人挑选，也是奇迹；然后带着爱意送给另一个人，插在明亮的窗前，也是奇迹。

因此，我们可以这样说：对一朵玫瑰而言，生死虽是必然，在生与死的历程中，却有许多美丽的奇迹。

人生也是如此，每一个对当下因缘的注视，都是奇迹。

我从旧家安和路的巷子走出来，想去以前常喝咖啡的芳邻餐厅坐一下，发现咖啡厅已不在，从前在廊下卖口香糖的老先生却还在，只是更老了。

在从前常买花的花店买了一朵鹅黄色的玫瑰，沿着敦化南路步行，对每一个擦肩而过的人微笑致意，就好像送玫瑰给他们一样。

《紫色菩提》印了五十九版，现在接受读者建议，用较大字体重排新版。据说它是台湾四十年来最畅销的书之一，出版社的朋友打电话来叫我写一些感言，我正好由旧家回来，手中还拿着鹅黄色的一朵玫瑰，我说："我想送给每一位读过这本书的朋友一朵玫瑰花。"

我知道那是不可能的，因为全台湾一天生产的玫瑰花也不够用，那么，就让我用最诚挚的心、用微笑致意来代替我的玫瑰吧！我们在书上相会也是偶然的擦肩而过，但我们相会的一弹指，我深信是生命最大最美最珍贵的奇迹。

这一朵以诸佛菩萨的慈悲智慧做养料的玫瑰，让我供养读过"菩提系列"的朋友，也让我供养尚未读过"菩提系列"的朋友，让我供养这个世界。

让我们都找到心中最美的那朵玫瑰，在偶然擦肩的时候，呈献给那些有缘的人！

林清玄

一九九〇年十二月

于台北永吉路客寓

"菩提十书"新序
——致大陆读者

一花一净土,一土一如来

三十岁的时候,在世俗的眼光里,我迈入了人生的峰顶。

我得到了所有重要的文学奖项,我写的书都在畅销排行榜上,我在报纸杂志上有十八个专栏。

我在一家最大的报社,担任一级主管,并兼任一家电视台的主管。我在一家最大的广播公司主持每天播出的带状节目,还在一家电视台主持每周播出的深入报道节目。

我应邀到各地的演讲,一年讲二百场。

"世俗"的成功,并未带给我预期的快乐,反而使我焦虑、彷徨、烦恼,睡眠不足,食不知味。

我像被打在圆圈中的陀螺,不停地旋转,却没有前进的方向,也不知道什么时候会倒下来。

有一天,我在报社等着看大样,发现抽屉里有一本朋友送我的书《至尊奥义书》，有印度的原文，还有中文解说。

随意翻阅，一段话跳上我的眼睛：

"一个人到了三十岁，应该把所有的时间用来觉悟。"

我好像被人打了一拳，我正好三十岁，不但没有把所有的时间用来觉悟，连一分钟的觉悟也没有，觉悟，是什么呢？

再往下翻阅：

"到了三十岁，如果没有把全部的时间用来觉悟，就是一步一步地走向死亡的道路！"

我从椅子上跳起来，感到惊骇莫名，自己正一步一步走向死亡的道路还不自知呀！

从那一个夜晚开始，我每天都在想：觉悟是什么？要如何走向觉悟之路？

一个月后，我停止了主持的广播节目和电视节目，也停止了大部分的专栏。

三个月后，我入山闭关，早上在小屋读经打坐，下午在森林散步，晚上读经打坐。

我个人身心的变化，可以用"革命"来形容，为了寻找觉悟，我的人生已经走向完全不同的路向。

走上独醒与独行的路

那一段翻天覆地的改变，经过近三十年了，虽说已云淡风轻，但每次思及当时的毅然决然，依然感到震动。

我的全身心都渴求着"觉悟"，这种渴求觉悟的内在骚动，使我再也无法安住于世俗的追求了。

虽然，"觉悟"于我只是一个模糊的概念，分不清是净土宗觉悟到世间的秽陋，寻找究竟的佛国，或者是密宗觉悟到佛我一体的三密相应，或者是华严宗觉悟到世界即是法界，庄严世界万有，或者是天台宗觉悟到真理是普遍存在的，一色一香，无非中道！

我的"觉悟"最接近的是禅宗的"顿"，是"佛性的觉醒"，是不论我们沉睡了多么长的时间，醒来都只是短暂的片刻。

很庆幸，我在三十岁的某一个深夜，醒来了！

也就是在那个醒来，我开始写作第一本菩提的书《紫色菩提》，我会再提笔写作，是因为"佛教的思想这么好，知道的人却这么少"，希望用更浅白的文字来讲佛教思想。

其次是理解到，佛教的修行不离于生活，禅宗的修行从来不是贵族的，它自始至终都站在庶民大众的身边。它的思想简明易懂又容易修行，它不墨守成规，对经论采取自由的态度。

自从百丈之后，耕田、收成、运水、搬柴，乃至吃饭、喝茶，禅的修行深入于生活的每一个细节。

如果能在觉悟的过程，将生活、读书、修行、写作冶成一炉，应该可以创造一些新的思想吧！

我的"菩提系列"就是在这种心情下开始创作的，我的闭关内容也有了改变，早上读经打坐，下午在森林经行，晚上则伏案写作。

经过近十年的时间，总共写了十本"菩提"，当时在台湾交由九歌出版社出版，引起读书界的轰动，被出版业选为"四十年来最畅销及最有影响力的书"。

后来，授权给北京的作家出版社，出版了简体字版，也是轰动一时，成为许多大陆青年的床头书。

三十年前，我的人生走向了一条分叉的路，如果在世俗的轨道继续向前走，走向人群熙攘的路，会是如何呢？

我走上了人迹罕至的路，走上了独行与独醒的路，到如今还为了追寻更高的境界，努力不懈。

我能无悔，是因为步步留心，留下了"菩提系列""禅心大地系列""现代佛典系列""身心安顿系列"，《打开心内的门窗》《走向光明的所在》……

我确信，对于彷徨的现代人，这些寻找觉悟之道的书，能使他们得到启发，在世俗的沉睡中醒来。

学习看见自己的心

"觉悟"在生命里是神奇的，正是"千年暗室，一灯即明"，不管黑暗有多久，沉睡了多么长的时间，只要点燃了一盏小小的灯火，一切就明明白白、无所隐藏了！

"觉悟"不只是张开心眼来看世界，使世界有全新的面目；也是跳出自我的执着，从一个全新的眼睛，来回观自己的心、自己的爱、自己的人生。

"觉"是"学习来看见"，"悟"是"我的心"，最简明地说，"觉悟"就是"学习看见自己的心"。

"觉悟"乃是与"菩提"连成一线的,《大日经》说:"云何菩提,谓如实知自心。"

这是为什么我在写"菩提系列"时,把书名定为"菩提"的原因,它缘于觉悟,又涵盖了觉悟,它涵容了佛教里一些"无法翻译"的内涵,例如禅那、般若、三昧、南无、波罗蜜多等等。

"菩提"在正统的佛教概念里,原是"断绝世间烦恼而成就涅槃智慧"的意思,但由于它的不译,就有了无限的延展和无限的可能。

我想要书写的,其实很简单,不只是佛教的修行能改变人生,就在我们生活里,也有无限延展和无限可能。

"菩提"的具体呈现是"菩提萨埵",也就简称"菩萨","菩提"是"觉","萨埵"是"有情"。

"觉有情"这三个字真美,我曾写过一本书《以有情觉有情》,来阐明这个道理:菩萨的行履过处,正是以更深刻的情感来使有情的众生得到觉悟,而每一个有情时刻都是觉悟的契机。

生活是苦难的,生命是无常的,但即使是最苦的时候,都能看见晚霞的美丽;最艰难的日子,都能感受天空的蔚蓝与海洋的辽阔。纵是最无常的历程,小草依然翠绿,霜叶还是嫣红。

道由白云尽,春与青溪长;时有落花至,远随流水香。白云与青溪,落花与流水,都是长在的,并不会随着因缘的变幻、生命的苦谛而失去!

"菩提十书"写的正是这种心事,恰如庞蕴居士说的"一念心清净,处处莲花开;一花一净土,一土一如来",生命里若还有阴晴不定，生活里若还有隐晦不明，那是因为我们还没有触事遇缘都生起菩提呀！

我把"菩提十书"重新授权给大陆出版，时光流变已过半甲子，年华渐老、思想如新，祈愿读者在这套书中，可以触到觉悟与菩提的契机！

林清玄

二〇一二年秋天

台北清淳斋

卷一　波罗蜜

佛 鼓

住在佛寺里，为了看师父早课的仪礼，清晨四点就醒来了。走出屋外，月仍在中天，但在山边极远极远的天空，有一些早起的晨曦正在云的背后，使灰云有了一种透明的趣味，灰色的内部也仿佛早就织好了金橙色的衬里，好像一翻身就要金光万道了。

鸟还没有全醒，只偶尔传来几声低哑的短啾，听起来像是它们在春天的树梢夜眠有梦，为梦所惊，短短地叫了一声，翻个身，又睡去了。

最最鲜明的是醒在树上一大簇一大簇的凤凰花。这是台湾南部的五月，凤凰的美丽到了顶峰，似乎有人开了染坊，就那样把整座山染红了，即使在灰蒙的清晨的寂静里，凤凰花的色泽也是非常雄辩的。它不是纯红，但比纯红更明亮，也不是橙色，却比橙色更艳丽。比起沉默站立的菩提树，在宁静中的凤凰花是吵闹的，好像在山上开了花市。

说菩提树沉默也不尽然。经过了寒冷的冬季，菩提树的叶子已经落尽，仅剩下一株株枯枝守候春天，在冥暗中看那些枯枝，格外有一种坚强不屈的姿势，有一些生发得早的，则从头到脚怒放着嫩芽，翠绿、透明、光滑、纯净，桃形叶片上的脉络在黑夜的凝视中，片片了了分明。我想到，这样平凡单纯的树竟是佛陀当年成道的地方，自己就在沉默的树与精进的芽中深深地感动着。

这时，在寺庙的角落中响动了木板的啪啪声，那是醒板，庄严、沉重地唤醒寺中的师父。醒板的声音其实是极轻极轻的，一般凡夫在沉睡的时候不可能听见，但出家人身心清净，不要说是行板，怕是一根树枝落地也是历历可闻的吧！

醒板拍过，天空逐渐有了清明的颜色，燕子的声音开始多起来，像也是被醒板叫醒，准备着一起做早课了。

然后钟声响了。

佛寺里的钟声悠远绵长，犹如可以穿山越岭一般。它深深地渗入人心，带来一种警醒与沉静的力量。钟声敲了几下，我算到一半就糊涂了，只知道它先是沉重缓慢的咚嗡咚嗡咚嗡之声，接着是一段较快的节奏，嗡声灭去，仅剩咚咚的急响，最后又回到了明亮轻柔的钟声，在山中余韵袅袅。

听着这佛钟，想起朋友送我一卷见如法师唱念的《叩钟偈》。那钟的节奏是单纯缓慢的，但我第一次在静夜里听叩钟偈，险险落下泪来，人好像被甘露遍洒，初闻天籁，想到人间能有几回听这样美的音声，如何不为之动容呢？

晨钟自与叩钟偈不同。后来有师父告诉我，晨昏的大钟共敲一百零八下，因为一百零八下正是一岁的意思。一年有十二个月，有二十四个节气，有七十二候，加起来正合一百零八，就是要人岁岁年年日日时时都要警醒如钟。但是另一个法师说一百零八是在断一百零八种烦恼，钟声有它不可思议的力量。到底何者为是，我也不能明白，只知道听那钟声有一种感觉，像是一条飘满了落叶尘埃的山径，突然被钟声清扫，使人有勇气有精神爬到更高的地方，去看更远的风景。

钟声还在空气中震荡的时候，鼓响起来了。这时我正好走到"大悲殿"的前面，看到逐渐光明的鼓楼里站着一位比丘尼，身材并不高大，与她面前的鼓几乎不成比例，但她所击的鼓竟完整地包围了我的思维，甚至包围了整个空间。她细致的手掌，紧握鼓槌，充满了自信，鼓槌在鼓上飞舞游走，姿势极为优美，或缓或急，或如迅雷，或如飙风……

我站在通往大悲殿的台阶上看那小小的身影击鼓，不禁痴了。那鼓，密时如雨，不能穿指；缓时如波涛，汹涌不绝；猛时若海啸，标高数丈；轻时若微风，拂面轻柔；它急切的时候，好像声声唤着迷路归家的母亲的喊声；它优雅的时候，自在得一如天空飘过的澄明的云，可以飞到世界最远的地方……那是人间的鼓声，但好像不是人间，是来自天上或来自地心，或者来自更邈远之处。

鼓声歇止有一会儿，我才从沉醉的地方被叫醒。这时《维摩经》的一段经文突然闪照着我，文殊师利菩萨问维摩诘居士："何等是菩萨入不二法门？"当场的五千个菩萨都寂静等待维摩诘的回答，维摩诘怎么回答呢？他默然不发一语，过了一会儿，文殊师利菩萨赞叹地说："善哉、善哉！乃至无有文字、语言，是真入不二法门。"

后来有法师说起维摩诘的这一次沉默，忍不住赞叹地说："维摩诘的一默，有如响雷。"诚然，当我听完佛鼓的那一段沉默里，几乎体会到了维摩诘沉默一如响雷的境界了。

往昔在台北听到日本"神鼓童"的表演时，我以为人间的鼓无有过于此者，真是神鼓！直到听闻佛鼓，才知道有更高的境界。神鼓童是好，但气喘咻咻，不比佛鼓的气定神闲；神鼓童是苦练出来的，表达了人力的高峰，佛鼓则好像本来就在那里，打鼓的比丘尼不是明星，只是单纯的行者；神鼓童是艺术，为表演而鼓，佛鼓是降伏魔邪，渡人出生死海，减少一切恶道之苦，为悲智行愿而鼓，因此妙响云集，不可思议。

最最重要的是，神鼓童讲境界，既讲境界就有个限度；佛是不讲境界的，因而佛鼓无边，不只醒人于迷，连鬼神也为之动容。

佛鼓敲完，早课才正式开始，我坐下来在台阶上，听着大悲殿里的经声，静静地注视那面大鼓，静静地，只是静静地注视那面鼓，刚刚响过的鼓声又如潮汹涌而来。

殿里的燕子也如潮地在面前穿梭细语，配着那鼓声。

大悲殿的燕子

配着那鼓声，殿里的燕子也如潮地在面前穿梭细语。

我说如潮，是形影不断、音声不断的意思。大悲殿一路下来

6

到女子佛学院的走廊、教室，密密麻麻的全是燕子的窝巢，每走一步抬头，就有一两个燕窝，有一些甚至完全包住了天花板上的吊灯，包到开灯而不见光。但是出家人慈悲为怀，全宝爱着燕子，在生命面前，灯算什么呢？

我仔细地看那燕窝，发现燕窝是泥塑的长形居所，它隆起的形状，很像旧时乡居土鼠的地穴，看起来是相当牢靠的。每一个燕窝住了不少燕子，你看到一个头钻出来，一剪翅，一只燕子飞远了，接着另一只钻出头来，一个窝总住着六七只燕，是不小的家庭了。

几乎是在佛鼓敲的同时，燕子开始倾巢而出。于是天空上同时有了一两百只燕子在啁啾，穿梭如网，那一大群燕子，玄黑色的背，乳白色的腹，剪刀一样的翅膀和尾羽，在早晨刚亮的天空下有一种非凡的美丽。也有一部分熟练地从大悲殿的窗户里飞进飞出地戏耍，于是在庄严的诵经声中，有一两句是轻嫩的燕子的呢喃，显得格外地活泼起来。

燕子回巢时也是一奇，俯冲进入屋檐时并未减缓速度，几乎是在窝前紧急刹车，然后精准地钻进窝里，看起来饶有兴味。

大悲殿里燕子的数目，或者燕子的年龄，师父也并不知。有一位师父说得好，她说："你不问，我还以为它们一直是住这里的，好像也不曾把它们当燕子，而是当成邻居。你不要小看了这些燕子，它们都会听经的，每天早晚课，燕子总是准时地飞出来，天空全是燕子。平常，就稀稀疏疏了。"

至于如何集结这样多的燕子，师父都说，佛寺的庄严清净慈悲喜舍是有情生命全能感知的。这是人间最安全之地，所以大悲殿里还有不知哪里跑来的狗，经常蹲踞在殿前，殿侧的大湖开满红白莲花，湖中有不可数的游鱼，据说听到经声时会浮到水面来。

过去深山<u>丛林</u>寺院，时常发生老虎、狐狸伏在殿下听经的事。听说过一个动人的故事，有一回一个法师诵经，七八只老虎跑来听，听到一半有一只打瞌睡，法师走过去拍拍它的脸颊说："听经的时候不要睡着了。"

我们无缘见老虎闻法，但有缘看到燕子礼佛、游鱼出听，不是一样动人的吗？

众生如此，人何不能时时警醒？

木鱼之眼

众生如此，人何不能时时警醒？

谈到警醒，在大雄宝殿、大智殿、大悲殿都有巨大的木鱼，摆在佛案的左侧，它巨大厚重，一人不能举动，诵经时木鱼声穿插其间。我常觉得在法器里，木鱼是比较沉着的，单调的，不像钟鼓磬钹的声音那样清明动人，但为什么木鱼那么重要？关键全在它的眼睛。

佛寺里的木鱼有两种，一种是整条挺直的鱼，与一般鱼没有两样，挂在库堂，用粥饭时击之；另一种是圆形的鱼，连鱼鳞也是圆形，放在佛案，诵经时叩之；这两种不同形的鱼有一个共同的特征，就是眼睛奇大，与身体不成比例，有的木鱼，鱼眼大如拳头。我不能明白为何鱼有这么大的眼睛，或者为什么是木鱼，不是木虎、木狗，或木鸟？

问了寺里的法师。法师说："鱼是永远不闭眼睛的，昼夜常醒，用木鱼做法器是为了警醒那些昏惰的人，尤其是叫修行的人志心于道，昼夜常醒。"

这下总算明白了木鱼的巨眼，但是那么长的时间醒着做些什么，总不能像鱼一样游来游去吧！

法师笑了起来："昼夜长醒就是行住坐卧不忘修行，行法则不外六波罗蜜，一布施，二持戒，三忍辱，四精进，五禅定，六智慧，这些做起来，不要说昼夜长醒时间不够，可能五百世也不够用。"

木鱼是为了警醒，假如一个人常自警醒，木鱼就没有用处了。我常常想，浩如瀚海的佛教经典，其实是在讲心灵的种种尘垢和种种磨洗的方法，它只有一个目的，就是恢复人的本心里明澈朗照的功能，磨洗成一面镜子，使对人生宇宙的真理能了了分明。

磨洗不能只有方法，也要工具。现在寺院里的佛像、舍利子、钟鼓鱼磬、香花幢幡，无知的人目为是迷信的东西，却正是磨洗心灵的工具，如果心灵完全清明，佛像也可以不要了，何况是木鱼呢？

木鱼作为磨洗心灵的工具是极有典型意义的，它用永不睡眠的眼睛告诉我们，修行没有止境，心灵的磨洗也不能休息；住在清净寺院里的师父，昼夜在清洁自己的内心世界，居住在五浊尘世的我们，不是更应该磨洗自己的心吗？

我们不应忘了木鱼，以及木鱼的巨眼。

以木鱼为例，在佛寺里，凡人也常有能体会的智慧。

低头看得破

在佛寺里，凡人也常有能体会的智慧。

像我在寺里看到比丘和比丘尼穿的鞋子，就不时地纳闷起来，那鞋其实是不实用的。

一只僧鞋前后一共有六个破洞，那不是为了美观，似乎也不是为了凉爽。因为，假如是为了凉爽，大部分的出家人穿鞋，里面都穿了厚的布袜，何况一到冬天就难以保暖了。假如是为了美观，也不然，一来出家只求洁净，不讲美观；二来僧鞋的黑、灰、土三色都不是顶美的颜色。

有了，大概是为了省布，节俭守戒是出家人的本分。

也不是，因为僧鞋虽有六洞，制作上的布料和连着的布是一样的，而且反而费工。

那么，到底是为什么，僧鞋要破六个洞呢？

我遇到了一位法师，光是一只僧鞋的道理，他说了一个下午。

他说，僧鞋的破六个洞是要出家人"低头看得破"。低头是谦诚有礼，看得破是要看破眼耳鼻舌身意六根，是要看破色声香味触法六尘，以及参破六道轮回，勘破贪嗔痴慢疑邪见六大烦恼。甚至也要看破人生的短暂，人身的渺小。

从积极的意义来说，这六个破洞是"六法戒"，就是不淫、不盗、不杀、不妄语、不饮酒、不非时食；是"六正行"，就是读诵、观察、礼拜、称名、赞叹、供养；以及是"六波罗蜜"：布施、持戒、忍辱、精进、禅定、智慧。

小小一只僧鞋就是天地无边广大了，让我们不得不佩服出家人。出家人不穿皮制品，因为非杀生不足以取皮革，出家人也不穿丝制品，因为一双丝鞋，可能需要牺牲一千条蚕的性命呢！就是穿棉布鞋，规矩不少，智慧无量。

最后我请了一双僧鞋回家，穿的时候我总是想：要低得下头，要看得破！

后记：导演刘维斌发心要拍一套正统佛教的早课礼仪，约我同往佛光山，本来大悲殿与女子佛学院都是不准男众进入的，我们幸蒙特准，才看到了大悲殿的燕子。在山上的"麻竹园"住了几天，随手写笔记，这是其中四则，因缘会合，特此并记。

一九八五年六月十八日

清　欢

少年时代读到苏轼的一阕词，非常喜欢，到现在还能背诵：

细雨斜风作晓寒，
淡烟疏柳媚晴滩，
入淮清洛渐漫漫。
雪沫乳花浮午盏，
蓼茸蒿笋试春盘，
人间有味是清欢。

这阕词，苏轼在旁边写着"元丰七年十二月二十四日，从泗州刘倩叔游南山"，原来是苏轼和朋友到郊外去玩，在南山里喝了浮着雪沫乳花的淡茶，配着春日山野里的蓼菜、茼蒿、新笋，以及野草的嫩芽等等，然后自己赞叹着："人间有味是清欢！"

当时所以能深记这阕词，最主要的是爱极了后面这一句，因为试吃野菜的这种平凡的清欢，才使人间更有滋味。"清欢"是什么呢？清欢几乎是难以翻译的，可以说是"清淡的欢愉"，这种清淡的欢愉不是来自别处，正是来自对平静疏淡简朴生活的一种热爱。当一个人可以品味出野菜的清香胜过了山珍海味，或者一个人在路边的石头里看出了比钻石更引人的滋味，或者一个人听林间鸟鸣的声音感受到比提笼遛鸟更感动，或者体会了静静品一壶乌龙茶比起在喧闹的晚宴中更能清洗心灵……这些就是"清欢"。

清欢之所以好，是因为它对生活的无求，是它不讲求物质的条件，只讲究心灵的品味。"清欢"的境界很高，它不同于李白的"人生在世不称意，明朝散发弄扁舟"那样的自我放逐；或者"人生得意须尽欢，莫使金樽空对月"那种尽情的欢乐。它也不同于杜甫的"人生有情泪沾臆，江水江花岂终极"这样悲痛的心事；或者"人生不相见，动如参与商；今夕复何夕，共此灯烛光"那种无奈的感叹。

活在这个世界上，有千百种人生。文天祥的是"人生自古谁无死，留取丹心照汗青"，我们很容易体会到他的壮怀激烈。欧阳修的是"人生自是有情痴，此恨不关风与月"，我们很能体会到他的绵绵情恨。纳兰性德的是"人到情多情转薄，而今真个不多情"，我们也不难会意到他无奈的哀伤。甚至于像王国维的"人生只似风前絮，欢也零星，悲也零星，都作连江点点萍！"那种对人生无常所发出的刻骨的感触，也依然能够知悉。

可是"清欢"就难了！

尤其是生活在现代的人，差不多是没有清欢的。

什么样是清欢呢？我们想在路边好好地散个步，可是人声车声不断地呼吼而过，一天里，几乎没有纯然安静的一刻。

我们到馆子里，想要吃一些清淡的小菜，几乎是杳不可得，过多的油、过多的酱、过多的盐和味精已经成为中国菜最大的特色，有时害怕了那样的油腻，特别嘱咐厨子白煮一个菜，菜端出来时让人吓一跳，因为菜上挤的沙拉比菜还多。

有时没有什么事，心情上只适合和朋友去啜一盅茶、饮一杯咖啡，可惜的是，心情也有了，朋友也有了，就是找不到地方，有茶有咖啡的地方总是嘈杂的。

俗世里没有清欢了，那么到山里去吧！到海边去吧！但是，山边和海湄也不纯净了，凡是人的足迹可以到的地方，就有了垃圾，就有了臭秽，就有了吵闹！

有几个地方我以前常去的，像阳明山的白云山庄，叫一壶兰花茶，俯望着台北盆地里堆叠着的高楼与人欲，自己饮着茶，可以品到茶中有清欢。像在北投和阳明山间的山路边有一个小湖，湖畔有小贩卖功夫茶，小小的茶几、藤制的躺椅，独自开车去，走过石板的小路，叫一壶茶，在躺椅上静静地靠着，有时湖中的荷花开了，真是惊艳一山的沉默。有一次和朋友去，两人在躺椅上静静喝茶，一下午竟说不到几句话，那时我想，这大概是"人间有味是清欢"了。

现在这两个地方也不能去了，去了只有伤心。湖里的不是荷花了，是漂荡着的汽水罐子，池畔也无法静静躺着，因为人比草多，石板也被踏损了。到假日的时候，走路都很难不和别人推挤，更别说坐下来喝口茶，如果运气更坏，会遇到呼啸而过的飞车党，还有带伴唱机来跳舞的青年，那时所有的感官全部电路走火，不要说清欢，连欢也不剩了。

要找清欢，就一日比一日更困难了。

当学生的时候，有一位朋友住在中和圆通寺的山下，我常常坐着颠颠的公交车去找她，两个人就沿着上山的石阶，漫无速度的，走走、坐坐、停停、看看，那时圆通寺山道石阶的两旁，杂乱地长着朱槿花，我们一路走，顺手摘下一朵熟透的朱槿花，吸着花朵底部的花露，其甜如蜜，而清香胜蜜，轻轻地含着一朵花的滋味，心里遂有一种只有春天才会有的欢愉。

圆通寺是一座全由坚固的石头砌成的寺院，那些黑而坚强的石头坐在山里仿佛一座不朽的城堡，绿树掩映，清风徐徐，站在用石板铺成的前院里，看着正在生长的小市镇，那时的寺院是澄明而安静的，让人感觉走了那样高的山路，能在那平台上看着远方，就是人生里的清欢了。

后来，朋友嫁人，到国外去了。我去过一趟圆通寺，山道已经开辟出来，车子可以环山而上，小山路已经很少人走，就在寺院的门口摆着满满的摊贩，有一摊是儿童乘坐的机器马，叽哩咕噜的童歌震撼半山，有两摊是打香肠的摊子，烤烘香肠的白烟正往那古寺的大佛飘去，有一位母亲因为不准孩子吃香肠而揍打着两个孩子，激烈的哭声尖亢而急促……我连圆通寺的寺门都没有进去，就沉默地转身离开，山还是原来的山，寺还是原来的寺，为什么感觉完全不同了，失去了什么吗？失去的正是清欢。

下山时的心情是不堪的，想到星散的朋友，心情也不是悲伤，只是惆怅，浮起的是一阕词和一首诗，词是李煜的：

高楼谁与上？

长记秋晴望。

往事已成空，

还如一梦中！

诗是李觏的：

人言落日是天涯，

望极天涯不见家；

已恨碧山相阻隔，

碧山还被暮云遮！

那时正是黄昏，在都市烟尘蒙蔽了的落日中，真的看到了一种悲剧似的橙色。

我二十岁时心情很坏的时候，就跑到青年公园对面的骑马场去骑马，那些马虽然因驯服而动作缓慢，却都年轻高大，有着光滑的毛色。双腿用力一夹，它也会如箭一般呼噜向前蹿去，急忙的风声就从两耳掠过，我最记得的是马跑的时候，迅速移动着的草的青色，青茸茸的，仿佛饱含生命的汁液，跑了几圈下来，一切恶的心情也就在风中、在绿草里、在马的呼啸中消散了。

尤其是冬日的早晨，勒着缰绳，马就立在当地，踢踏着长腿，鼻孔中冒着一缕缕的白气，那些气可以久久不散，当马的气息在空气中消弭的时候，人也好像得到某些舒放了。

骑完马，到青年公园去散步，走到成行的树荫下，冷而强悍的空气在林间流荡着，可以放纵地、深深地呼吸，品味着空气里所含的元素，那元素不是别的，正是清欢。

最近有一天，突然想到骑马，已经有十几年没骑了。到青年公园的骑马场时差一点吓昏，原来偌大的马场里已经没有一根草了，一根草也没有的马场大概只有台湾才有，马跑起来的时候，灰尘滚滚，弥漫在空气里的尽是令人窒息的黄土，蒙蔽了人的眼睛。马也老了，毛色斑驳而失去光泽。

最可怕的是，不知道什么时候在马场搭了一个塑料棚子，铺了水泥地，其丑无比，里面则摆满了机器的小马，让人骑用，其吵无比。为什么为了些微的小利，而牺牲了这个马场呢？

马会老是我知道的事，人会转变是我知道的事，而在有真马的地方放机器马，在马跑的地方没有一株草，则是我不能理解的事。

就在马场对面的青年公园，那里已经不能说是公园了，人比西门町还拥挤吵闹，空气比咖啡馆还坏，树也萎了，草也黄了，阳光也不灿烂了。我从公园穿越过去，想到少年时代的这个公园，心痛如绞，别说清欢了，简直像极了佛经所说的"五浊恶世"！

生在这个时代，为何"清欢"如此难觅？眼要清欢，找不到青山绿水；耳要清欢，找不到宁静和谐；鼻要清欢，找不到干净空气；舌要清欢，找不到蓼茸蒿笋；身要清欢，找不到清凉净土；意要清欢，找不到智慧明心。如果你要享受清欢，唯一的方法是守在自己小小的天地，洗涤自己的心灵，因为在我们拥有愈多的物质世界，我们的清淡的欢愉就日渐失去了。

现代人的欢乐，是到油烟爆起、卫生堪虑的啤酒屋去吃炒蟋蟀；是到黑天暗地、不见天日的卡拉OK去乱唱一气；是到乡村野店、胡乱搭成的土鸡山庄去豪饮一番；以及到狭小的房间里做方城之戏，永远重复着摸牌的一个动作……这些污浊的放逸的生活以为是欢乐，想起来毋宁是可悲的。为什么现代人不能过清欢的生活，反而以浊为欢，以清为苦呢？

一个人以浊为欢的时候，就很难体会到生命清明的滋味，而在欢乐已尽、浊心再起的时候，人间就愈来愈无味了。

这使我想起东坡的另一首诗来：

梨花淡白柳深青，

柳絮飞时花满城；

惆怅东栏一株雪，

人生看得几清明？

苏轼凭着东栏看着栏杆外的梨花，满城都飞着柳絮时，梨花也开了遍地，东栏的那株梨花却从深青的柳树间伸了出来，仿佛雪一样的清丽，有一种惆怅之美，但是人生看这么清明可喜的梨花能有几回呢？这正是千古风流人物的性情，这正是清朝大画家盛大士在《溪山卧游录》中说的："凡人多熟一分世故，即多一分机智。多一分机智，即少却一分高雅。""山中何所有？岭上多白云，只可自怡悦，不堪持赠君，自是第一流人物。"

第一流人物是什么人物?

第一流人物是在清欢里也能体会人间有味的人物!

第一流人物是在污浊滔滔的人间,也能找到清欢的滋味的人物!

一九八五年十二月十五日

人骨念珠

　　阳光正从窗外斜斜照进，射在法师手上的一串念珠，那念珠好像极古老的玉，在阳光里，饱含一种温润的光。

　　每一粒念珠都是扁圆形，但不是非常的圆，大小也不全然相同，而且每一粒都是黑白相杂，那是玉的念珠吧！可能本来是白的，因岁月的侵蚀改变了一部分的色泽，我心里这样想着。

　　它为什么是不规则的呢？是做玉的工匠手工不够纯熟，还是什么原因？我心里的一些疑惑，竟使我在注视那串念珠时，感到有一种未知的神秘。

　　"想知道这是什么样的念珠，是吗？"法师似乎知道了我的心事，用慈祥的眼光看着我。

　　我点点头。

　　"这是人骨念珠，"法师说，"人骨念珠是密宗特有的念珠，密宗有许多法器是人的骨头做的。"

　　"好好的念珠不用，为什么要用人骨做念珠呢？"

法师微笑了，解释说一般人的骨并不能做念珠，或者说没有资格做念珠，在西藏，只有喇嘛的骨才可以拿来做念珠。

"人骨念珠当然比一般的念珠更殊胜了，拿人骨做念珠，特别能让人感觉到无常的迅速，修持得再好的喇嘛，他的身体也终于要衰败终至死亡，使我们在数念珠的时候不敢懈怠。

"另外，人骨念珠是由高僧的骨头做成，格外有伏魔克邪的力量。尤其是做度亡法会的时候，人骨念珠有不可思议的力量，使亡者超度，使生者得安。"

……

说着说着，法师把他手中的人骨念珠递给我，我用双手捧住那串念珠，才知道这看起来像玉石的念珠，是异常的沉重，它的重量一如黄金。

我轻轻地抚摸这表面粗糙的念珠，仿佛能触及内部极光润极细致的质地。我看出人骨念珠是手工磨出来的，因为它表面的许多地方还有着锉痕，虽然那锉痕已因摩搓而失去了锐角。我细心数了那念珠，不多不少，正好一百一十粒，用一条细而坚韧的红线穿成。

捧着人骨念珠有一种奇异的感受，好像捧着一串传奇，在遥远的某地，在不可知的时间，有一些喇嘛把他们的遗骨奉献，经过不能测量的路途汇集在一起，有一位精心的人琢磨成一串念珠。这样想着，在里面已经有了许多无以细数的因缘了。最最重要的一个因缘是，此时此地它传到了我的手上，仿佛能感觉到念珠里依然温热的生命。

法师看我对着念珠沉思，不禁勾起他的兴趣，他说："让我来告诉你这串念珠的来历吧！"

原来，在西藏有天葬的风俗，人死后把自己的身体布施出来，供鸟兽虫蚁食用，是谓天葬。有许多喇嘛生前许下愿望，在天葬之后把鸟兽虫蚁吃剩的遗骨也奉献出来，作为法器。人骨念珠就是喇嘛的遗骨做成的，通常只有两部分的骨头可以做念珠，一是手指骨，一是眉轮骨（就是眉心中间的骨头）。

为什么只取用这两处的骨头呢？

因为这两个地方的骨头与修行最有关系，眉轮骨是观想的进出口，也是置心的所在，修行者一生的成就尽在于斯。手指骨则是平常用来执法器、数念珠、做法事、打手印的，也是修行的关键。

"说起来，眉骨与指骨就是一个修行人最常用的地方了。"法师边说边站起来，从佛案上取来另一串人骨念珠，非常的细致圆柔，与我手中的一串大有不同，他说："这就是手指骨念珠，把手指的骨头切成数段，用线穿过就成了。手指骨念珠一般说来比较容易取得，因为手指较多，几人就可以做成一串念珠了。眉轮骨的念珠就困难百倍，像你手中的这串，就是一百一十位喇嘛的眉轮骨呢！

"通常，取回喇嘛的头骨，把头盖骨掀开，镶以金银，作为供养如来菩萨的器皿。接着，取下眉轮骨，这堆骨头都异常坚硬，取下时是不规则的形状，需要长时间的琢磨。在藏传佛教寺庙里，一般都有发愿琢磨人骨念珠的喇嘛，他们拿这眉轮骨在石上琢磨，每磨一下就念一句心咒或佛号，一个眉轮骨磨成圆形念珠，可能要念上几万甚至几十万的心咒或佛号，因此，人骨念珠有不可思议的力量也是很自然的了。"

法师说到这里，脸上流出无限的庄严，那种神情就像是，琢磨时聚在念珠里的佛号与心咒，一时之间汹涌出来。接着他以更慎重的语气说："还不只这样，磨完一个喇嘛的眉轮骨就以宝箧盛着保存起来，等到第二位喇嘛圆寂，再同样磨成一粒念珠。有时候，磨念珠的喇嘛一生也磨不成一串眉轮念珠，他死了，另外的喇嘛接替他的工作，把他的眉轮骨也磨成念珠，放在宝箧里……"法师说到这里，突然中断了语气，发出一个无声赞叹，才说："这样的一串人骨念珠，得来非常不易，集合一百一十位喇嘛的眉骨，就是经过很长的时间，而光是磨念珠时诵在其中的佛号心咒更不可计数，真是令人赞叹！"

我再度捧起人骨念珠，感觉到心潮汹涌，胸口一阵热，感受到来自北方大漠口流荡过来的暖气。突然想起过去我第一次执起用喇嘛大腿骨做成的金刚杵，当时心中的澎湃也如现在，那金刚杵是用来降伏诸魔外道，使邪魔不侵；这人骨念珠则是破除愚痴妄想的无明，显露目性清净的智慧。它们，都曾是某一高僧身体的一部分，更让我们照见了自我的卑微与渺小。

我手中的人骨念珠如今更不易得，因为西藏遥远，一串人骨念珠要飞越重洋关山，辗转数地，才到这里。在西藏的修行者，他们眉轮骨结出的念珠，每一粒都是一则传奇、一个誓愿、一片不肯在时间里凋谢的花瓣。

……

在空相上、在实相上，人都可以是莲花，《法华经》说："佛所说法，譬如大云，以一味雨，润于人华。"《涅槃经》说："人中丈夫，人中莲花，分陀利华（即白莲花）。"《往生要集》里也说：
"如来心相如红莲花。"

人就是最美的莲花了，比任何花都美！佛经里说人往生西方
净土，是在九品莲花中化生。对我们来说，西方净土是那么遥
远，可是有时候，有某些特别的时候，我们悲悯那些苦痛的人、
落难的人、自私的人、痴情的人、愚昧的人、充满仇恨的人，乃
至于欺凌者与被欺凌者，放纵者与沉溺者，贪婪者与不知足者，
以及每一个不完满的人不完满的行为……由于这种悲悯，我们心
被牵引到某些心疼之处，那时，我们的莲花就开起了。

莲花不必在净土，也在卑湿污泥的人间。

如泪的露水，也不一定为悲悯而流，有时是智慧的光明，有
时只是为了映照自己的清净而展现的吧！

在极静极静的夜里，我独自坐在蒲团上不观自照，就感觉自
己化成一朵莲花，根部吸收着柔和的清明之水，茎部攀缘脊椎而
上，到了头顶时突然向四方开放，露水经常在喉头涌起，沁凉恬
淡，而往往，花瓣上那悲悯之泪就流在眉轮的地方。

我的莲花，常常，一直，往上开，往上开，开在一个高旷无
边的所在。

……我恭敬地把人骨念珠还给法师，法师说："要不要请一串
回去供养呢？"

我沉默地摇头。

我想，知道了人骨念珠的故事也就够了，请回家，反而不知
道要用什么心情去数它。

告辞法师出来，黄昏真是美，远方山头一轮巨大橙红的落日

缓缓落下，形状正如一粒人骨念珠，那落日与念珠突然使我想起《大日经》的几句经文："心水湛盈满，洁白如雪乳。""云何菩提？谓如实知自心。"

如实知自心，正是莲花！正是般若，正是所有迷失者的一盏灯！

如果说人真是莲花，人骨念珠则是一串最美的花环，只有最纯净的人才有资格把它挂在颈上，只有最慈悲的人才配数它。

情困与物困

我有一个朋友，爱玉成痴。

他不管在何时何地见到一块好玉，总是想尽办法要据为己有，偏偏他又不是很富有的人，因此在收藏玉的过程中，吃了许多的苦头，有时到了节衣缩食三餐不继的地步。

有一回，他在一个古董商那里见到了一个白玉狮子，据说是汉朝的，不论玉质、雕工全是第一流的。我的朋友爱不忍释，工作也不太做了，每天都跑去看那块玉，看到眼睛都发出红火，人被一团火炙热地燃烧。

他要买那块玉，古董店的老板却不卖，几经折腾，最后，我的朋友牺牲了他所居住的房子，才买下了那个白玉狮子，租住在一个廉价的住宅区内。

他天天抱着白玉狮子睡觉，出门时也携带着，一遇到人就拿出来欣赏，自己单独的时候，也常常抚摸那座洁白无瑕的狮子发呆。除了这座狮子，他身上总随时带着他最心爱的几件收藏，有时候感觉到一个男子，从口袋里、腰带间、皮包内随时掏出几块玉来，真是不可思议的事。

他玩玉到了疯狂的地步，由于愈玩愈精，就更发现好玉之难求，因为好玉难求，所以投入了全部的家当，幸好他是个单身汉，否则连老婆也会被他当了。到最后，他房子也卖了，车子也没了，工作也丢了，为什么丢掉工作呢？说来简单："我要工作三年，才能买一件上好的玉，这样的工作不做也罢了！"

朋友成为家徒四壁的人，每天陪伴他的只有玉了。后来不成了，因为玉不能吃，不能穿，只好把他最心爱的玉里等级比较差的卖给别人，每卖一件就落一次泪，说："我买的时候是几倍的价钱，现在这么便宜让给别人，别人还嫌贵。"

有一次，他租房子的房东逼着要房租，逼得急了，他一时也找不到钱，就把白玉狮子拿了出来，说："这块玉非常的名贵，先押在你这里，等我筹足了房钱，再把它赎回来。"可惜他的房东是个老粗，对他说："俺要你这臭石头干么！万一不小心打破了还嫌烦呢！你明天找房钱来，不然我把你丢出去！"

朋友对我讲这个故事的时候，泣不成声。在痴爱者眼中的白玉狮子是无可比拟的，可以用房子去换取，然而在平常百姓的眼中，它再名贵，也只是一块石头。

有一次我在"故宫博物院"看玉的展览，正好遇到了乡下的一个旅行团，几个乡下的欧巴桑看玉看得饶有兴味，我凑过去，发现她们正围着那个最有名的"国宝""翠玉白菜"观看，以下是她们对话的传真：

"哇！真巧，雕得和真的白菜一模一样，上面还有一只肚猴呢！"

"这个刻得那么像，一个大概是值好几千块吧！"

一位看起来是权威人士的欧巴桑说："你嘛好了，不识字又兼不卫生，什么好几千，这一个一定要好几万才买得到！"

我把这个故事说给朋友听，他因此破涕为笑，我说："你看'故宫博物院'的好玉何止千万块，尤其是小品珍玩的部分，看起来就知道曾有一位爱玉的人在上面花下无数的心血，可是他死的时候不能带走一块玉，我们现在看那些玉也不能知道它曾经有过多少主人，对于玉，能够欣赏的人就算拥有了，何必一定要抱在手里呢？佛经里说'智者金石同一观'就是这个道理。

"爱玉固然是最清雅的嗜好，但一个人爱玉成痴，和玩股票不能自拔，和沉迷于逸乐又有什么不同呢？"

朋友后来彻底地觉悟，仍然喜欢着玉，却不再被玉所困，只是有时他拿出随身的几块玉还会感慨起来。

物固然是足以困人，情更比物要厉害百倍。对于情的执迷，为情所困，就叫"痴"，痴是人世间的"三毒"之一（另外两毒是贪与嗔），情困到了深处，则三毒俱现，先是痴迷，而后贪爱，最后是嗔恨以终。则情困是一切烦恼的根源，没有比这个更厉害了。

被情爱所系缚，被情爱所茧结，被情爱所迷惑，被情爱所执染，几乎是人间不可避免的，但当情爱已经消失的时候，自己还系缚茧结自己，自己还迷惑执着自己，这就是真正的情困。

有一次我遇到一位中年的妇女，她的朋友都已经儿女成群，可是她没有结婚，没有结婚的理由很简单，因为她忘不了二十年前的一段初恋。

她的初恋有什么不凡吗？为何她不能忘却？其实也没有，只是一个少男一个少女在学校里互相认识了，发誓要长相厮守，最后这个男的离开了，少女独自过着孤单的心灵生活，一过就是二十年。

这么普通的故事，她也说得眼泪涟涟，接着她说："不过，这些都已经是过去的事了。"

我说："在时间上，你的故事已经过去，实际上一点也没有过去，因为你的心灵还被困居在里面。到什么时候才算过去呢？就是你想起来的时候，充满了包容和宽谅，并且不为它所烦恼，那才是真正过去了。"

"做得到吗？"

"做得到的，在这个世界上为情沉溺的人固然很多，但从沉溺中走到光明的岸上的人也不少。因为他们救拔了自己，不为情所困。"

我把情说成是沉溺，把救拔说成是走到光明的河岸，是有道理的。我们在祝福一对新人时，最常用的一句话是"永浴爱河"。

"爱河"的譬喻出自《华严经》，《华严经》上说："随生死流，入大爱河。"为什么说是爱河呢？由于爱欲和河一样具有三种特性，一种是容易使人沉溺，不易自拔。第二种是爱欲的心就像河水一样，能浸染入最深的地方，例如我们用铁锤击石，石头会碎裂，但不能击碎每一个分子，可是如果我们把石头丢入河里浸染，它可以湿濡石头的任何一个分子，年深日久甚至把它们分解成粉末。第三种是难以渡越，不管是贩夫走卒，王公将相，都无法一步跨过河的对岸，同样的，要一步从情爱的束缚中走过也非常的不易。

我想起《杂阿含经》里记载的一个故事：有一次释迦牟尼对弟子说法，他问他们："你们认为是天下四个大海的水多，还是在过去遥远的日子里，因为和亲爱的人别离所流的眼泪多呢？"

释迦牟尼的意思是，从遥远的过去，一生而再生的轮回里，在人无数次的生涯中，都会遇到无数次离别的时刻，而流下数不尽的眼泪，比起来，究竟是四大海的海水多，还是人的眼泪多呢？

弟子回答说："我们常听见世尊的教化，所以知道，四个大海总量的总和，一定比不上在遥远的日子里，在无数次的生涯中，人为所爱者离别而流下的眼泪多。"

释迦牟尼非常高兴地称赞了弟子之后说："在遥远的过去中，在无数次的生涯中，一定反复不知多少次遇到过父母的死，那些眼泪累计起来，正不知有多少！在遥远的无数次生涯中，反复不知多少次遇到孩子的死，或者遇到朋友的死啊！或者遇到亲属的死啊！在每一个为所爱者的生死离别含悲而所流的眼泪，纵是以四个大海的海水，也不能相比啊！"

这是多么可叹可悲，人因为情苦与情困，不知道流下了多少宝贵的泪珠，情困如此，物困亦足以令人落泪，束缚在情与物中的人固然处境堪怜，究竟不能算是第一流人物。什么是第一流人物呢？古人说："岭上多白云，只可自怡悦，不堪持赠君，自是第一流人物。"

第一流的人物看白云虽是至美，却不想拥有，只想心领神会，这是多么高的境界。当我们知道其实在今生今世，情如白云过隙，物则是梦幻泡影，那么还有什么可以抱老以终的呢？

第一流人物犹如一株香花，我们不能说这株花是花瓣香，也不能说是花茎香；我们不能说是花蕊香，也不能说是花粉香；当然不能说是花根香，也不能说是花叶香……因为花是一个整体，当我们说花香时，是整株花的香。困于情物的人，往往只见到了自己那一株花里一小部分的香，忘失了那株花，到后来失去了自己，因此，这样的人不能说是第一流的人物。

第一流的人物，不在于拥有多少物，拥有多少情，而在于能不能在旧物里找到新的启示，能不能在旧情里找到新的智慧，进出无碍。万一不幸我们正在困局里，那么想一想：如果我是一只蛹，即使我的茧是由黄金打造的，又有什么用呢？如果我是一只蝶，身上色彩缤纷，可以自在地飞翔，则即使在野地的花间，也能够快乐地生活，又哪里在乎小小的茧呢？

可叹的是，大多数人舍不得咬破那个茧，所以永远见不到真正的自我、真正的天空。

一九八五年六月一日

茶香一叶

在坪林乡，春茶刚刚收成结束，茶农忙碌的脸上才展开了笑容，陪我们坐在庭前喝茶，他把那还带着新焙炉火气味的茶叶放到壶里，冲出来一股新鲜的春气，溢满了一整座才刷新不久的客厅。

茶农说："你早一个月来的话，整个坪林乡人谈的都是茶，想的也都是茶，到一个人家里总会问，采收得怎样？今年烘焙得如何？茶炒出来的样色好不好？茶价好还是坏？甚至谈天气也是因为与采茶有关才谈它，直到春茶全采完了，才能谈一点茶以外的事。"听他这样说，我们都忍不住笑了，好像他好不容易从茶的影子走了出来，终于能做一些与茶无关的事情，好险！

慢慢地，他谈得兴起，把一斤三千元的茶也拿出来泡了，边倒茶边说："你别小看这一斤三千元的茶，是比赛得奖的，同样的品质，在台北的茶店可能就是八千元的价格。在我们坪林，一两五十元的茶算是好茶了，可是在台北一两五十元的茶里还掺有许多茶梗子。"

"一般农民看我们种茶的茶价那么高,喝起茶来又是慢条斯理,觉得茶农的生活满悠闲的,其实不然,我们忙起来的时候比任何农民都要忙。"

"忙到什么情况呢?"我问他。

他说,茶叶在春天的生长是很快的,今天要采的茶叶不能留到明天,因为今天还是嫩叶,明天就是粗叶子,价钱相差几十倍,所以赶清晨出去一定得采到黄昏才回家,回到家以后,茶叶又不能放,一放那新鲜的气息就没有了,因而必须连夜烘焙,往往工作到天亮,天亮的时候又赶着去采昨夜萌发出来的新芽。

而且这种忙碌的工作是全家总动员,不分男女老少。在茶乡时,往往一个孩子七八岁时就懂得采茶和炒茶了,一到春茶盛产的时节,茶乡里所有孩子全在家帮忙采茶炒茶,学校几乎停顿,他们把这一连串为茶忙碌的日子叫"茶假"——但孩子放茶假的时候,比起日常在学校还要忙碌得多。

主人为我们倒了他亲手种植和烘焙的茶,一时之间,茶香四溢。文山包种茶比起乌龙还带着一点溪水清澈的气息,乌龙这些年被宠得有点像贵族了,文山包种则还带着乡下平民那种天真纯朴的亲切与风味。

主人为我们说了一则今年采茶时发生的故事。他由于白天忙着采茶、分茶,夜里还要炒茶,忙到几天几夜都不睡觉,连吃饭都没有时间,添一碗饭在炒茶的炉子前随便扒扒就解决了一餐,不眠不休的工作只希望今年能采个好价钱。

"有一天采茶回来,马上炒茶,晚餐的时候自己添碗饭吃着,扒了一口，就睡着了，饭碗落在地上打破都不知道，人就躺在饭粒上面，隔一段时间梦见茶炒焦了，惊醒过来，才发现嘴里还含着一口饭，一嚼发现味道不对，原来饭在口里发酵了，带着米酒的香气。"主人说着说着就笑起来了，我却听到了笑声背后的一些辛酸。人忙碌到这种情况，真是难以想象，抬头看窗外那一畦畦夹在树林山坡间的茶园，即使现在茶采完了，还时而看见茶农在园中工作的身影，在我们面前摆在壶中的茶叶原来不是轻易得来。

主人又换了一泡新茶，他说："刚喝的是生茶，现在我泡的是三分仔（即炒到三分的熟茶），你试试看。"然后他从壶中倒出了黄金一样色泽的茶汁来，比生茶更有一种古朴的气息。他说："做茶的有一句话，说是'南有冻顶乌龙，北有文山包种'，其实，冻顶乌龙和文山包种各有各的胜场，乌龙较浓，包种较清，乌龙较香，包种较甜，都是台湾之宝，可惜大家只熟悉冻顶乌龙，对文山的包种茶反而陌生，这是很不公平的事。"

对于不公平的事，主人似有许多感慨，他的家在坪林乡山上的渔光村，从坪林要步行两个小时才到，遗世而独立地生活着，除了种茶，闲来也种一些香菇，他住的地方在海拔八百米高的地方，为什么选择住这样高的山上？"那是因为茶和香菇在越高的地方长得越好。"

即使在这么高的地方，近年来也常有人造访，主人带着乡下传统的习惯，凡是有客人来总是亲切招待，请喝茶请吃饭，临走还送一点自种的茶叶。他说："可是有一次来了两个人，我们想招待吃饭，忙着到厨房做菜，过一下子出来，发现客厅的东西被偷走了一大堆，真是令人伤心哪！人在这时比狗还不如，你喂狗吃饭，它至少不会咬你。"

主人家居不远的地方，有北势溪环绕，山下有一个秀丽的大舌湖，假日时候常有青年到这里露营，青年人所到之处，总是垃圾满地，鱼虾死灭，草树被践踏，然后他们拍拍屁股走了，把苦果留给当地居民去尝。他说："二十年前，我也做过青年，可是我们那时的青年好像不是这样的，现在的青年几乎都是不知爱惜大地的，看他们毒鱼的那种手段，真是令人毛骨悚然，这里面有许多还是大学生。只要有青年来露营，山上人家养的鸡就常常失踪，有一次，全村的人生气了，茶也不采了，活也不做了，等着抓偷鸡的人，最后抓到了，是一个大学生，村人叫他赔一只鸡一万块，他还理直气壮地问：天下哪有这么贵的鸡？我告诉他说：一只鸡是不贵，可是为了抓你，每个人本来可以采一千五百元茶叶的，都放弃了，为了抓你，我们已经损失好几万了。"

这一段话，说得在座的几个茶农都大笑起来。另一个老茶农接着说："像文山区是台北市的水源地，有许多台北人就怪我们把水源弄脏了，其实不是，我们更需要干净的水源，保护都来不及，怎么舍得弄脏？把水源弄脏的是台北人自己，每星期有五十万台北人到坪林来，人回去了，却把五十万人份的垃圾留在坪林。"

在山上茶农的眼中，台北人是骄横的、自私的、不友善的、任意破坏山林与溪河的一种动物。有一位茶农说得最幽默："你看台北人自己把台北搞成什么样子，我每次去，差一点窒息回来！一想到我们辛辛苦苦种出来的最好的茶要给这样的人喝，心里就不舒服。"

谈话的时候，他们几乎忘记了我是台北来客，纷纷对这个城市抱怨起来。在我们自己看来，台北城市的道德、伦理、精神只是出了问题；但在乡人的眼中，这个城市的道德、伦理、精神是几年前早就崩溃了。

主人看看天色，估计我们下山的时间，泡了今春他自己烘焙出来最满意的茶，那茶还有今年春天清凉的山上气息，掀开壶盖，看到原来卷缩的茶叶都伸展开来，感到一种莫名的欢喜，心里想着，这是一座茶乡里一个平凡茶农的家，我们为了品早春的新茶，老远跑来，却得到了许多新的教育，原来就是一片茶叶，它的来历也是不凡的，就如同它的香气一样是不可估量的。

从山上回来，我每次冲泡带回来的茶，眼前仿佛浮起茶农扒一口饭睡着的样子，想着他口中发酵的一口饭，说给朋友听，他们一口咬定："吹牛的，不相信他们可能忙到那样，饭含在口里怎么可能发酵呢？"我说："如果饭没有在口里发酵，哪里编得出来这样的故事呢？"朋友哑口无言。

然后我就在喝茶时反省地自问：为什么我信任只见过一面的茶农，反而超过我相交多年的朋友呢？

疑问就在鼻息里化成一股清气，在身边围绕着。

一九八五年七月二十三日

高空气球

带着孩子沿信义路散步，孩子忽然看见远方高楼的顶上有一个非常巨大的气球，正随着黄昏的晚风飘荡，他兴奋地扯着我的手说："爸爸，天空上有个气球。"

顺着他手指的方向，我看见了那一个鲜红色的气球，原来是建筑业寻常使用的广告方式，斗大的宣传字体，在几百米外也看得十分清楚。这是多么平凡的气球，但对事事新鲜的三岁孩子，却好像发现了什么新的大陆。

"爸爸，我们去捉气球好不好？"孩子说。

"捉气球干什么呢？"

"我们把气球的绳子剪掉，让它飞到天空去！"这时，我才注意到气球下方的巨大绳子绑住了它。

我看着那座十四层的大厦对孩子说："那房屋太高了，我们爬不上去。"

没有料到孩子却说："怎么绑上去呢？人家上得去，我们也上得去。"

孩子的话使我一呆，对于小孩子来说，天下没有什么难事，天上的星月都想摘到怀里，何况是个气球！对大人来说，负担却太重了，即使要摘一个气球，都觉得是不可能的事，甚至于看到气球的时候早就忘记那是气球，觉得只是个广告招贴。

我像突然被点醒了，拍拍孩子的头说："好，我们上去捉气球。"

父子俩于是混进了大楼，坐进电梯，直接搭上顶楼，出电梯以后又爬了一层楼梯才总算到达气球的所在，但眼前景象使我吃了一惊。原来这是一个规划得非常美丽的屋顶花园，各种翠绿的植物正在春天展现它们旺盛的生命力，架上的杜鹃和菊花正在盛放。

我终于看到眼前的气球了，那气球真是巨大。在楼底下看见时未能想象的巨大，用一条粗麻绳系紧在屋顶的铁管上，大概是灌了很足的氢气，那麻绳笔直地伸入天空几丈的地方。

孩子非常兴奋，用力地扯那根麻绳，企图要把气球放到空中去，最后终于用尽力气，放弃了。

我们便站在屋顶上，像突然从人潮中被解开绳子到了空中，俯视着下班时蝼蚁一样的人潮，我竟感谢着自己的孩子，要不是他点醒，我不可能为了追一个气球而走进一处从未想象过的花园。

天色快要暗的时候，我们才循原路回家，沿途走过了几家狗店，从狗店里流出来兽类独有的气息，群犬在喧闹地乱叫，我正在准备掩鼻而过，孩子早已一头闯了进去，说："爸爸，快进来看，好多的狗狗，好可爱哦！"

仔细地看那些狗，才发现几乎所有的小狗都惹人怜爱，长到中型的狗儿则冷漠地卧着，成犬们见到陌生人不安地狂叫。只有刚出生不久的婴狗，见到任何人都亲昵地撒着娇，我那时在小狗身上好像看见了人。小时是人见人爱的赤子，稍长，是叛逆但无知的少年，成年以后则全身都武装着，随时准备攻击和防御，对陌生和善的人拼命狂叫，不辨善恶。因此狗店的主人把小狗放在廊下玩耍，而愈大的狗就关在愈坚固的牢笼中。

我突然想起孩子的话："怎么绑上去呢？人家上得去，我们也上得去。"

——"怎么被关起来的呢？既然关得进来，就应该放得出去。"

为什么我们自己关在小的空间中还不够，养动物时还要关进更小的空间呢？

我没有答应孩子要买狗的要求。

回到家时，看见七八只蟑螂围在一起吃东西，原来是不小心滴落在地上的一滴蜂蜜，我赶紧到处找拖鞋，想要一鞋掌打下去，结束它们的生命，就在我找到拖鞋的时候，孩子猛然大叫起来："爸爸，快来看，好多的蟑螂，好可爱哦！"使我拿在手中的拖鞋，颓然放下。

那一刻，面对孩子，我感觉自己是多么的可鄙，正像那飘浮在高空的气球，系着一条污黑的解不开的麻绳，孩子既用不着麻绳，也不是气球，他是高空中的一朵云，清明而无染，自由没有拘束。

夜里我梦见自己，正拼命地解开身上的绳子，那绳子却越解越紧……

一九八五年五月十九日

39

报岁兰

花市排出了一长排的报岁兰，一小部分正在盛开，大部分是结着花苞，等待年风一吹，同时开放。

报岁兰有一种极特别的香气，那香轻轻细细的，但能在空气中流荡很久，所以在乡下有一个比较土的名字："香水兰"，因为它总是在过年的时候开，又叫作"年兰"，在乡下，"年兰"和"年柑"一样，是家家都有的。

童年时代，每到过年，我们祖宅的大厅里，总会摆几盆报岁兰和水仙，浅黄浅红的报岁兰和鲜嫩鲜白的水仙，一旦贴上红色对联，就成为一个色彩丰富的年景了。

乡下四合院，正厅就是祖厅，日日都要焚烧香烛，檀香的气息和报岁兰、水仙的香味混合着，就成为一种格外馨香的味道，让人沉醉。我如今想起祖厅，仿佛马上就闻到那个味道，鲜新如昔。

我们家的报岁兰和水仙花都是父亲亲手培植的，父亲虽是乡下平凡的农夫，但他对种植作物似乎有特殊的天生才能，只要是他想种的作物很少长不成功的。父亲在世的时候，我们家的农田经营非常多元，他种了稻子、甘蔗、香蕉、竹子、槟榔、椰子、莲雾、橘子、柠檬、番薯，乃至于青菜。中年以后，他还开辟了一个占地达四百公顷的林场，对于作物的习性可以说了如指掌。

我小学六年级的时候，父亲不知从哪里知道了种花可以赚钱，在我们家后院开建了一个广大的花园，努力地培育两种花，一种是兰花，一种是玫瑰花。那时父亲对花卉的热爱到了着迷的程度，经常看花卉的书籍到深夜，自己研究花的配种，有一年他种出了一种"黑色玫瑰"，非常兴奋，那玫瑰虽不是纯黑色，但它如深紫色的绒布，接近于黑的程度。

对于兰花，他的心得更多。我们家种兰花的竹架占地两百多平，一盆盆兰花吊在竹架上，父亲每天下田前和下田后都待在他的兰花园里。田地收成后的余暇，他就带着一把小铲子独自到深山去，找寻那些野生的兰花，偶有收获，总是欢喜若狂。

在爱花种花方面，我们兄弟都深受父亲的影响，是由于幼年开始就常随父亲在花园中整理花圃的缘故。但是在记忆里，父亲从未因种花而得什么利润，倒是把兰花的幼根时常送给朋友，或者用野生兰花和朋友交换品种，我们家的报岁兰，就是朋友和他交换得来的。

父亲生前最喜欢的兰花有三种，一是报岁兰，一是素心兰，一是羊角兰。他种了不少名贵的兰花，为何独爱这三种兰花呢？记得有一次他对我说："有很多兰花很鲜艳很美，可是看久了就俗气；有一些兰花是因为少而名贵，其实没什么特色；像报岁兰、素心、羊角虽然颜色单纯，算是普通的兰花，可是它朴素，带一点喜气，是兰花里最亲切的。"

父亲的意思仿佛是说：朴素、喜乐、亲切是人生里最可贵的特质，这些特质也是他在人生里经常表现出来的特色。

我对报岁兰的喜爱就是那时种下的。

父亲种花的动机原是为增加收入，后来却成为他最重要的消遣。父亲没有什么特别的嗜好，只是喜欢喝茶、种花、养狗，这三种嗜好一直维持到晚年，他住院的前几天还是照常去公园喝老人茶，到花圃去巡视。

中学的时候，我们家搬到新家，新家是在热闹的街上，既没有前庭，也没有后院，父亲却在四楼顶楼搭了竹架，继续种花。我最记得搬家的那几天，父亲不让工人动他的花，他亲自把花放在两轮板车上，一趟一趟拉到新家，因为他担心工人一个不小心，会把他钟爱的花折坏了。

搬家以后，父亲的生活步调并没有改变，他还是每天骑他的老爷脚踏车到田里去，每天晨昏则在屋顶平台上整理他的花圃，虽然阳台缺少地气，父亲的花卉还是种得非常的美，尤其是报岁兰，一年一年的开。

报岁兰要开的那一段时间，差不多是学校里放寒假的时候，我从小就在外求学，只有寒暑假才有时间回乡陪伴父亲，报岁兰要开的那一段日子，我几乎早晚都陪父亲整理花园，有时父子忙了半天也没说什么话，父亲会突然冒出一句："唉！报岁兰又要开了，时间真是快呀！"父亲是生性乐观的人，他极少在谈话里用感叹号，所以我每听到这里就感慨极深，好像触动了时间的某一个枢纽，使人对成长感到一种警觉。

报岁兰真是准时的一种花，好像不过年它就不开，而它一开就是一年已经过去了，新年过不久，报岁兰又在时间中凋落，这样的花，它的生命好像只有一个特定的任务，就是告诉你："年到了，时间真是快呀！"从人的一生中，无常还不是那么迫人的，可是像报岁兰，一年的开放就是一个鲜明的无常，虽然它带着朴素的颜色、喜乐的气息、亲切的花香同时来到，在过完新年的时候，还是掩不住它的惆怅。

就像父亲，他的音容笑貌时时从我的心里映现出来，我在远地想起他的时候，这种映现一如他生前的样子，可是他已经不在这个世上了。我知道，我忆念的父亲的容颜虽然相同，其实忆念的本身已经不同了，就如同老的报岁兰凋谢，新的开起，样子、香味、颜色没什么不同，其实中间已经过了整整的一年。

偶然路过花市，看到报岁兰，想到父亲种植的报岁兰，今年那些兰花一样的开，还是要摆在贴了红色春联的祖厅。唯一不同的是祖厅的神案上多了父亲的牌位，墙上多了父亲的遗照，我们失去了最敬爱的父亲。这样想时，报岁兰的颜色与香味中带着一种悲切的气息：唉！报岁兰又开了，时间真是快呀！

一九八六年二月七日

惜　福

　　我的外祖母活到八十岁，她过世的时候我还年幼，有许多事已经淡忘了，但我清楚地记得她的两件事：一是她过世时十分安详，并未受病痛折磨；一是她一直到晚年仍然过着极端俭朴的生活。她所以那样俭朴不全然是经济的原因，而是她认为人应该"惜福"。

　　她不许家里有什么剩菜剩饭，因此到了晚年她还时常捡菜汤，把菜盘里剩的菜汤端起来喝而不顾子女的劝阻。她也要求我们吃饭时碗中不可剩下一粒米，常吓唬我们说："不捡拾干净，长大了会生猫脸。"甚至有米粒落到了地上，她也捡起来吃。

　　除了这些，外祖母格外敬惜字纸，要丢弃的书籍薄本纸张绝不与污秽垃圾混在一起，须另外用火恭敬地焚烧。

　　她过世的前几年，常有人问她长寿的原因，那时她不仅长寿，身体也健康，她总是回答说，可能是因为惜福吧，由于珍惜自己的福气，才能福寿绵长。

我当时颇不能了解其中的意思，后来读了明朝学者袁了凡先生的《了凡四训》，说他年幼时遇到一个会算命的先生，卜了他一生的吉凶，其中有一条是说到他补贡生的时候，一共吃了"廪米九十一石五斗"，他感到十分可疑，直到补了贡生的时候，他一算正好吃了九十一石五斗廪米（按明朝学制，贡生之前是廪生，他们应得的米叫廪米，按月发给，所以易于计算）。

了凡先生从此"益信进退有命，迟速有时，澹然无求矣"。连一个人一生可以享用多少米都是命中所注，如果过度放纵地享用，不就提早在损伤自己的性命吗？

我佛释迦牟尼在经中也时常叫人惜福、节制饮食，他在《杂阿含经》中说："人当自系念，每食知节量，是则诸受薄，安消而保寿。"在《四十二章经》中说："财色之于人，譬如小儿贪刀刃之蜜甜，不足一食之美，然有截舌之患也。"都是在警醒人不可过求多欲的生活，身心才能长保康泰。

尤其在《医经》里说得最为透彻："食多有五罪：一者多睡眠。二者多病。三者多淫。四者不能讽诵经。五者多着世间。"

"人得病有十因缘：一者，久坐不饭。二者，食无贷。……"（食无贷就是吃得过度）

"有九因缘，命未当尽为横尽。一不应饭为饭。二为不量饭（不知节制的吃）。三为不习饭（不知时间的吃）。四为不出生（饭还没有消化，又吃饭）。……如是九因缘，人命未尽为尽。点人当识，是当避，是已避，得两福：一者，得长寿。及得闻道好语，亦得久行道。"

饭在经书中只是象征，用以教人惜福，我们常见到年轻时过度放纵的人，到晚年总受疾病的折磨，或沦为贫苦无依，有的人更且是等不到晚年的，足见佛经中所言句句真实。

近读弘一法师的演讲集，他谈到"青年佛教徒应注意的四项"，首要就是惜福，其次才是习劳、持戒、自尊，因为他认为在末法时代，人的福气是很微薄的，若不爱惜，将这很薄的福享尽了，就要受莫大的痛苦。

至于惜了福又怎样呢？法师说："我们即使有十分福气，也只好享受二三分，所余的可以留到以后去享受；诸位或者能发大心，愿以我的福气布施一切众生，共同享受，那更好了。"

也只有惜福的人才能习于劳动，持守戒律，自我尊重，因此惜福是作为佛徒的第一件事，不能惜福则不能言及其他。一般娑婆世界的凡人也是如此，我们可曾见过一个耽溺酒色、纵情逐欲的人能够自尊、清明，而活得健康和长寿的吗？

惜福乃不是少福，而是惜福得福，这就为什么平淡之人常享高寿的原因了。

一九八五年六月十日

永远有利息在人间

从前读陈之藩先生的《在春风里》，里面附了一封胡适之先生写给他的信，有这样的几句："我借出的钱，从来不盼望收回，因为我知道我借出的钱总是'一本万利'，永远有利息在人间。"

我读到这段话时掩卷长叹，那时我只是十八岁的青年，却禁不住为胡先生这样简单的话而深深地动容，心里的感觉就像陈之藩先生后来的补记一样："我每读此信时，并不落泪，而是自己想洗个澡，我感觉自己污浊，因为我从来没有过这样澄明的见解与这样广阔的心胸。"

胡先生因此对待朋友"柔和如水，温如春光"，也因为他的澄明，"他能感觉到人类最需要的是博爱与自由，最不能忍受的是欺凌与迫害，最理想的是如行云在天，如流水在地，自由自在地生活"。

我想，在这个世界上能把私利看淡到这样的境界，确实是很不容易的事，胡先生的生平事迹很多，但最感动我的就是这一句

"永远有利息在人间"。从佛教的观点来看，这是一种布施的菩萨行，也是佛徒所行的六波罗蜜的首要。

世尊在《大般涅槃经》曾如此开示："菩萨摩诃萨，行布施时，于诸众生，慈心平等，犹如子想。又行施时，于诸众生，起悲愍心；譬如父母，瞻视病子。行施之时，其心欢喜；犹如父母，见子病愈。既施之后，其心放舍，犹如父母，见子长大，能自在活。"

不同的是，胡先生是借给朋友和晚辈，不盼望收回，而佛菩萨所行的则不分亲疏普及于众生，在根本上也没有盼望或不盼望的问题。而且胡先生借出去后知道有利息在人间，佛菩萨根本不知利息，忘记利息，是"惠施众生，不自为己"，是"惠施求灭，不求生天"，是"解脱惠施，不望其报"，在境界上是究竟的超越了。

一个人活在这个世界上，大致可以分成三种境界：一是提不起，放不下。二是提得起，放不下。三是提得起，放得下。一般人是提不起，放不下。像我有一个朋友从不借钱给人，问他原因，他说："为了免得将来低声下气地向人要债，干脆不借算了。"这是第一种人。第二种是争名夺利之辈，攒了一大堆钱，可是看到人贫病忧苦，眉头也不皱一下，到最后两手一松，留下一大堆钱反而养出一堆无用的子孙。

胡适先生则接近了第三种人，只有这一种人才能昭如日月，平淡坦然，不为人间的几个利息而记挂忧心，人生才能自在。

若有人问：那么，佛的施舍是什么境界？

《华严经》里说到十种净施，是众生平等的布施，是随意的布施，是积极的布施，是有求必应的布施，是不求果报的布施，是心无挂碍的布施，是内外清净的布施，是远离有为无为的布施，是舍身护道的布施，以及施受财三者清净如虚空的布施。

到了这种境界，利息就不是在人间，也不是在天上，而是自在圆满，布满虚空了。

温柔半两

　　读到无际大师的"心药方"，说到不管是齐家、治国、学道、修身，必须先服十味妙药，才能成就，哪十味妙药呢？他说：

　　"好肚肠一条。慈悲心一片。温柔半两。道理三分。信行要紧。中直一块。孝顺十分。老实一个。阴骘全用。方便不拘多少。"这十味妙药要怎么吃呢？他又说："此药用宽心锅内炒。不要焦。不要躁。去火性三分。于平等盆内研碎。三思为末。六波罗蜜为丸。如菩提子大。每日进三服。不拘时候。用和气汤送下。果能依此服之，无病不瘥。"

　　这无际大师的心药方真是令人莞尔，细细品味而受教无穷。无际大师是谁我并不知道，我也不想去知道，觉得知道了他的身份反而会拘限了他，猜想他是某朝代的高僧之一，深解所有的病都是从心而起，一日灵感大发，而写下了这帖药方。

　　"心药方"是用白话写成，不难理解其意，在此必须解释的是"六波罗蜜"，"波罗蜜"是"行菩萨道"之谓，行法有六种：一布施、二持戒、三忍辱、四精进、五禅定、六智慧，菩萨用这六种方法渡人过生死海到涅槃彼岸。"菩提子"则是菩提树的种子，可做念珠，大小如莲子，做抽象解释时，"菩提"是"觉悟"的意思。

我想，不论是否佛教徒，每天能三服这帖心药，不仅能使身心安乐，也能无愧于天地，假如每天吃三四味，也就能去病延年，要是万万不可能，一天吃一口"温柔半两"，可能也足以消灾少祸了。

这一帖心药虽仅有十味，味味全是明心见性，充满了智慧，因为在佛家而言，人身体所有的病痛全是由心病而来，佛陀释迦牟尼将心病大属于贪嗔痴三种，只有在一个人除去贪、嗔、痴三病时，才能有一个明净的精神世界，也才会身心悦乐，没有挂碍，没有恐怖，远离颠倒梦想，因此所有佛书的入门就是一部《心经》，所有成佛的最高境界，靠的也是心。

佛书中对心的探求与沉思历历可见，释尊曾经这样开示："心作天，心作人，心作鬼神，畜生地狱，皆心所为也。"（《般泥洹经》）又说："能伏心为道者，其力最多。吾与心斗，其劫无数，今乃得佛，独步三界，皆心所为。"（《五苦章句经》）对于为善的人，心是甘露法；对于为恶的人，心是万毒根；因此医病当从内心医起，救人当从内心救起。

例如佛祖在《楞严经》里说："灯能显色，如是见者，是眼非灯；眼能显色，如是见性，是心非眼。"翻成白话是："灯能显出东西不是灯能看见东西，而是眼睛藉灯看见了东西；眼睛看见了东西，并不是眼睛在看，而是心藉眼睛显发了见性。"那么我们可以说一个人不明事理，不是事理有病，不是眼睛有病，而是内心有病，只要治好真心，眼睛也可以分辨，事理也得到澄清。

无际大师的心药，即是从根本处解决了人生与人格的问题。

关于心的壮大，禅宗初祖达摩祖师在《达摩血脉论》中曾有一段精彩绝伦的文字，他说："除此心外，见佛终不得也。佛是自心作得，因何离此心外觅佛？前佛后佛只言其心，心即是佛，佛即是心，心外无佛，佛外无心。若言心外有佛，佛在何处？心外既无佛，何起佛见？……若知自心是佛，不应心外觅佛。佛不度佛，将心觅佛不识佛。"

因而历来的禅宗无不追求一个本心，认为一个人不能修心、明心、真心、深心，而想成佛道，有如取砖头来磨镜，有如以沙石作饭，是杳不可得的。这正是六祖慧能说的："于一切行住坐卧，常行一直心。""但行直心，于一切法，勿有执着。"

知道了心对真实人生的重要，再回来看无际大师的"心药方"，他的这帖药是古今中外皆可行的，而且有许多正在现代社会中消失，实在值得三思。试想，一个人要是为人有好肚肠、长养慈悲心、多几分温柔、讲一些道理、对人守信用、对朋友讲义气、对父母孝顺、行住坐卧诚信不欺、不伤阴德、尽量给人方便，那么这个人算是道德完满的人，还会有什么病呢？

人人如此，社会也就无病了。

天下太平的线索，其实就是一个人内心完成所组合的元素！

注：无际大师就是唐朝的石头希迁和尚。

一九八五年五月八日

孤独的放生者

带孩子到"国父纪念馆"的湖边散步，我们看见在西边有一个行色仓皇的妇人，身边放一个水桶，正用网子从水池中捞取一些东西。

走过去时，发现她正在从池边捞取鲫鱼放进水桶。那些鲫鱼都已经死亡了，浮现出苍白的肚子，可是妇人的网子太短，捞起来显得十分辛苦。

我惊诧地问："你怎么跑到这个池子来捞鱼呢？这是大家的湖呀！"

妇人被我一问，窘得面红耳赤，低声地道歉说："我不是来捞鱼，是来放鱼的，我买了一百条鲫鱼来放生，放下去以后我不放心，想看看它们是不是适应这个水池，结果发现有几条死掉了。我怕别的鱼来吃它们，又怕它们死了污染水池，所以正在把死掉的鱼捞上来。"

原来妇人姓朱，是三重人，她在市场里看到待宰的鲫鱼很可怜，慈悲心大起，就从家里拿来大水桶买下一百条鲫鱼。买了以后才发现没有地方放生，淡水河当然是不行的，因为淡水河老早就是鱼虾不生的河流，放下去以后鱼儿不死于屠刀，反死于污染。她灵机一动，想到了"国父纪念馆"旁的小湖，提着鱼叫一部出租车就跑来放生了，又怕人看见她来放生，所以偷偷躲在树荫下放生。

她说："鲫鱼是生命力很强的鱼，可能是坐车太远了，或者是水桶太小氧气不够，倒下去竟死了十几条，真是可怜呀……"说着，这四十几岁的乡下妇人竟流下泪来。

我只好安慰她："你只要有心救度它们，也就够了，你如没有买它们来放生，说不定早就煮成味噌汤放在桌上了。"妇人这才慢慢地释然。

朱太太是第一次放生，她过去每到市场看到人杀鸡杀鸭宰鱼剥蛙，时常痛心地流下泪来，站在一旁为那些被宰杀的动物念往生咒，希望帮它们超生，后来觉得这样不彻底，因此发心要买来放生，她初发菩提心就被我遇到了。

她的家境并不富裕，也不像受过什么教育，她连国语都说不灵转，可是她的慈悲心是与生俱来的，是听起来就令人为之动容的。

后来她问我以后应该去哪里放生，使我语塞而茫然起来，想了半天想不起台北近郊有什么干净的河流。我说："我看只有到阳明山，或者坪林、花园新城那里的河流去放。"其实说的时候，我心里也不确知这些地方的河流是不是可以生存鱼虾，但朱太太听了雀跃不已，说她下次买鱼去那里放，因为"国父纪念馆"的湖水看起来也十分污秽了。

她对我诚心道谢的时候，使我深深地惭愧着。

告辞了朱太太，来到湖的东边，发现在较浓密的树荫下，有七八个孩子和两个大人正拿着极长的网子在岸边捞鱼捉虾子，他们身旁的桶子里早已捕到了不少。想到刚才的朱太太，我忍不住大声地质问他们："你们怎么在这里捉鱼呢？这是大家的水池呀！"

没想到有一个大人回过头来说："这又不是你家的水池，你管什么闲事？"然后他们若无其事地又回头捞鱼，我只好去求助公园的警察，可是由于路远，警察来的时候，他们早就跑光了，只剩我，像个傻瓜站在湖边。

这时候我的孩子问我："爸爸，他们为什么要在这里捉鱼呢？"

"他们贪心，他们是小偷，把大家要看的鱼捉回家自己吃了。"我说。其实，我也不确知他们为什么在那里捉鱼，因为他们一天捉的鱼可能吃不到两口，并不能饱腹，而在那儿提心吊胆的恐怕也没有什么趣味吧！这是个奇怪的世界，放生的人因为害羞而窘迫地行善；杀生的人反而由于无耻而理直气壮地作恶；放生与杀生只是极微小的一端，在许多大事上，更多的人令我们感到失望。

回家的路上，孩子喃喃地说："爸爸，那些被捉的鱼好可怜喔！"

我抬起头来，看到天边的夕阳火红的缓缓落下，想起刚才的妇人为放生的鱼死去而落下的眼泪，那泪是晶莹剔透、光泽如玉、人间罕见的，也因为罕见，她的影子显得格外孤单，好像夕阳一照射就要消灭了。

我突然想起了佛经里的一段话：

　　一切男子是我父，一切女人是我母，我生生无不从
之受生。

　　故六道众生，皆是我父母。而杀而食者，即杀我父
母，亦杀我故身。

　　一切地水，是我先身；一切火风，是我本体；故常
行放生。

这是佛菩萨的境界，凡人很难达到，可是我在乡下平凡妇人
的泪眼中，几乎就看见了那样的慈悲、那样的境界。

然后，我为那些捞鱼的人，深深地忏悔。

一九八五年六月六日

灵龟与塘鹅

同一天的报纸上有两则小小的新闻，一则在社会版，是说有小贩载了一只百龄乌龟，在台北市新公园门口待价而沽，小贩吆喝着要围观的人出钱买它去放生，说将乌龟放生等于做了功德。可惜因为没有人出钱买它去放生，那只乌龟竟落下了眼泪，旁观的民众除了为它拭泪别无他法，由于它会落泪，报纸称它是"灵龟"。

另一则在国际版，报道了伦敦附近柴辛顿动物园有一只叫波哥的塘鹅，在意外中断了一条腿，经外科医生为它做了一条假腿，现在波哥已经可以用假腿步行了。

看到这样的新闻，真令人感慨良深。我疑惑地想着，那卖乌龟的小贩既然知道放生是功德，他为什么不自己去做功德，反而要别人出钱来做呢？放生是功德可以成立的话，伤生害生不就是败德的事吗？为什么小贩要给别人做功德，自己反而做那败德的事呢？乌龟的落泪难道没有感动他吗？

太多的疑惑，使我想到存在我们社会中人心的戾气等问题，有许多道理不是我们不懂，也不是小贩不懂，而是我们有太多的戾气，像当街屠宰狮子老虎，闻者不以为怪，反而争取订购皮肉和内脏；像电鱼毒鱼的行业，一天电死一条河里的所有鱼虾，见者不以为怪，还抢着买那廉价的鱼虾；像冬天里卖香肉的小贩，当街开店，把十几条狗的尸体挂在门口，知者不以为怪，生意还顶不错；像在鱼市场公园口卖乌龟，人人争睹，就是不知如何制裁和劝止小贩自己把乌龟放生，听凭乌龟落泪，而小贩动辄出数千上万的价钱让人放生，一般人也是心有余痛，而力不足以止哀。

我们有没有想过这样的问题：当街杀死狮虎，世界上濒临灭绝的狮虎就少了一头，而围观的孩子面对着刺喉、喝血、剥皮、剔骨、分割内脏的血腥景象，心中会生多少作践生灵不尊重的戾气！听凭电鱼的人电死一条河，那条河成为死河，河的污染马上来临，两岸的生机也随之断丧，弄到现在全台湾的河流几乎没有了鱼虾！乃至我们走过香肉之家，见狗尸林立，有没有想过那失去狗的人家，全家人正在惊慌地寻找爱犬，或者围在一起为失踪的狗而失声哀哭！到人人路过狗肉铺子而不生慈悲哀痛之心，社会于是弥漫着杀戮的、不自觉的戾气。谁想过那吊在狗肉店的狗虽不是我所养，但它可能是我的亲戚、我的邻居、我的好友、我的同事，甚至是一个我不认识的小孩，心里钟爱的生命哩！

戾气的滋长是无形的，是难以捕捉的，但它是在无意之间种入了心田，而且暗中在难以知觉的情况下生长，到习以为常的时候就非常可怕了。到最后，有许多人打开报纸扭开电视，看到凶杀、残暴、劫掠的新闻而触目不惊；看到这人被砍了三十五刀，那人被杀了七十二刀而心不如刀剀泣血；看到满篇血淋淋的报纸不掩卷长叹——这些大多数人潜藏在心中的戾气才是社会败坏最大的隐忧。

那么多人的戾气是如何来的呢？

它原是来自看起来微小的毒鱼、屠狗、杀虎、宰狮这样的小事，幼年看杀虎不掩面而哭不激灵颤抖的孩子，正是长大读报不忧心如焚，甚至成为报上主角的成人。心田的喜恶根苗差别如斯巨大，能不令人警惕吗？

英国人为一只断腿的塘鹅装义肢，虽千里遥隔能不令人动容？那么，是不是有灵的动物宁可做国外跛足的塘鹅，也不愿投生为中国流泪的灵龟呢？

几年前，美国扬基棒球队投手投球时误掷而打死一只海鸥，引起众愤因之解除投手职务，比较起来，为何没有人指责那以诱人放生来求取利益的小贩呢？

—九八五年六月六日

单纯的宝藏

在印度有一个古老的传说：

有一群聪明人，要去挖掘宝藏，根据他们的各种推论，宝藏应该是埋藏在无穷远大的山顶上的，至于在山上的什么地方，颇引起大家的争论。

他们正在议论的时候，一个单纯的农夫正好路过，好奇地停下来听他们的谈话，他听不懂那些聪明人谈话的内容，只听懂似乎在某一个地方埋着巨大的宝藏。

后来聪明人出发了，他们浩荡地走入无尽的远山，不管到任何一座山他们都要争论，因此，他们从未开始掘一块土，当然他们永远不可能挖到宝藏。

但是，那个贫穷的农夫，他既不知道理论上宝藏应该埋在深山，也不知道理论上挖宝藏应该考证，他就从那些聪明人争论宝藏时所站的那块土地掘下去，一天又一天地挖掘下去，终于找到了那一座大的宝藏。

从理论上说，那个农夫似是太单纯了，但这个印度寓言正在启示我们，单纯的实践的力量。就在我们这个社会上，现在到处充满了复杂的空论，许多在报纸上写婚姻疑难专栏的人，是从没有结过婚的；许多为民喉舌的代言人，背后有大资本家的支援；许多在议会中做道德质询的人，自己却经营色情的行业；许多事业看来成功的商人，却做着败德与潜逃的准备……

我们可以说是一个黑白两道混淆不清的社会，造成这种现状的原因正是缺乏一种单纯的实践的精神。

每个人都在梦想远方的宝藏，又没有人愿意从自己的内心掘起，反倒那些一步一步使自己过尊严生活的平凡人，被看成是呆子，是不合时代的人。

有一次，我对一个孩子讲这个印度的古老传说，孩子听完后问说："他挖到那个宝藏不是很危险吗？迟早要被那些聪明人骗走的！"我听了以后感慨良深，如果连我们的孩子都有这样的忧虑，那么单纯的实践就更难了。

不过，对于能单纯实践的人，他的心就是净土，走到哪里，清净的门都为他开启；对于有复杂的空论的人，处处的大门都锁着，即使知道远山有宝藏也毫无用处。

一九八五年十一月一日

本来面目

我常常觉得在现在社会里，真实的人愈来愈难见了。

所谓"真实的人"，就是有风格的人、特立独行的人、卓尔不群的人、不随同流俗的人——也就是对生活有一套自己的看法，对生命有一个独立的理想目标的人。

这样的人在古代颇为常见，即使到三十年代，中国还出过许多有风格的人，我把这种人称之为"本来面目"。这"本来面目"就像古代的禅师对山说："山啊！请脱掉披覆在你外表的雾衣吧！我喜欢看你洁白的肌肤。"

遗憾的是，我们现代人往往丢失了原来的洁白肌肤，而在外表披覆了雾衣，所以当我们说"古道照颜色，典型在宿昔"的时候特别感触良深。为什么颜色都在古道，典型都在宿昔，我们这一代的人有什么颜色，什么典型呢？

有时候我会想：为什么现代人既没有颜色，也没有典型？然后自己拟出了两个答案，一个是现代人失去了单纯的生活，也失去了单纯的对生命理想的热爱。一般大人物的一天固然是案牍劳形、送往迎来、酬酢交错、演讲开会，二十四小时里难得有十分钟静下来沉思，对生活与生命的本质就难以了解。而小人物呢，为了三餐奔波辛劳，为了逢迎拍马而费心，为了物欲享受而拼命，虽然空闲较多，但是夜间或在秦楼酒馆流连，或在家里盯着电视不放，更别说静下来思想了。

这真是个社会的危机，我时常到乡下去，发现如今的乡下人不再是"日出而作，日入而息"，而是跟随着电视作息，到半夜才眠；都市人更不用说了——为什么没有人能静静地坐上几分钟、一小时呢？

一个是现代人常强人所难和强己所难。我们常看到一种情况，一桌酒席下来，主客喝了十几瓶洋酒，请的人心疼不已，仍勉强自己请之；被请的人过意不去，仍勉强别人请之，然后说这是尽兴。

推而广之，是自己不愿做的事推给别人做，或者别人不肯做的事推给自己做。可叹的是，我们做一件事的原因，往往是别人喝完一杯咖啡时，在白纸上写下我们的名字，有时候因为这样决定了我们的一生，反之亦然。所以我们在写下一个名字时，是不是也站在别人的立场想一想呢？

我们的本来面目，就因为生活不能单纯，因为强人所难与强己所难而失去了。久而久之就像同一厂牌的圆珠笔，每一支虽是独立的个体，而每一支都一样。这像禅宗说的"白马入芦花"，有的人明明是白马，入芦花久了，白白不分，以为自己是芦花了。也像是"银碗里盛雪"，本来是银碗为雪所遮，时日既久，自以为雪，而在时间中融化了。本来面目非常重要，只有本来面目，才能使我们做一个完整的人，做一个自在的人，以及做一个独立和成功的人。

还我本来面目的第一件事是一天花十五分钟坐下来想想：我是谁？我从哪里来？我要往哪里去？现在的生活是不是我要的？什么生活才是我要的？

然后，我们才有机会做一个有风格的人，做一个真实的人，做我自己。

一九八五年十二月

十点八分四十五秒

我时常留意到报章杂志上的钟表广告，发现大部分的钟表都指在一个接近的时间上，十点八分四十五秒是最普遍的，也有十点九分零秒的，也有十点十分三十秒的。不管表针指的时间是多少，时针和分针一定是呈 V 字形。

据说钟表之所以指在这个时间上，是经过西方的许多心理学家共同研究出来的。一则它呈 V 字形，在西方是胜利的象征；二则它同时上扬，有美学形式，令人感到欣悦；三则它的形状如鸟展翅，给人奋发之感。有这种种的好理由，所以全世界的钟表广告，不分地域不分种族，时间全指在十点十分左右。

可是，有一个更重要的实质因素，却被心理学家忽略，就是十点十分在一天之中到底象征了什么？

钟表是工商时代的产物，一有了钟表，人们就脱离了日出而作入而息的农业时代。那么工商时代的生活如何呢？一般公家机关是在八点左右上班，私人机构约在九点上班，商店是在十点钟开门，十点十分无疑是一个人一天中最好的时间。八点刚刚睡醒不久，头脑还处在昏沉状态；九点则尚未安心，工作不能就绪。到了十点十分左右，头脑也清醒了，工作也安顿了，正处在精神与效率的巅峰，不论做任何工作，这个时候大概都是最能得心应手的。

十点十分也是决策的时间，许多公司在这个时间开主管会议，许多决策也多是在这个时刻决定，那是因为大家在这个时间最清醒的缘故。所以说，正如钟表广告所指出的，十点十分是人一天中最好的时刻，是最好的定点。我想，世界上大概很少有人在十点十分赌博、杀人、淫邪、放纵的，那么，它不只是最好的时刻，也是最善良、最清净的时刻。

我有时路过钟表店，总会注意店中悬挂钟表的时间，假如看到所有的钟表都指向十点八分四十五秒，就感觉这是美感和讲究品质格调的店；反之，若看到一壁的时间都乱七八糟指向不同的方向，则会大为感叹，为什么不能选择最好的时间呢？

钟表如此，人生亦然，如果我们常把一天或一生的标准定在十点八分四十五秒的巅峰，常保持那样的上扬、奋发、清明、觉醒、善良、清净，充满了活力与干劲，则成功又有什么困难呢？

一九八六年一月一日

66

信仰使人清净

最近，我应台北市修女联谊会之邀，到主教会署去演讲，一口气讲了三小时。同日演讲的还有辅大教授李震神父，黄昏做弥撒之前，我们曾有一个小小的座谈，李神父虽是奉献于基督，但他要在座的修女们应多从佛、道、儒、墨等家去研究智慧。

他说："作为中国的神父和修女，与西方人是不同的，因为我们一出生就流着佛、道、儒、墨的血液，所以不应该，也不能斩断这些传统的东西，我们更要向里面求智慧。"

然后是修女们唱圣歌、做弥撒，室内遂流动着良善与优美、庄严与和谐。

我虽是虔诚的佛教徒，看到修女们脸上的表情时也不禁深受感动，感觉到人能有一个可以坚持诚敬礼拜的信仰实在是非常幸福的事，由于有了信仰，才能有直心、有静心、有道心。

人间的许多美德也是从信仰中养成的，譬如讲慈悲的心情，佛教是度众生，天主教是为人群服务；譬如守戒清修，佛教是比丘和比丘尼，天主教是神父和修女；譬如见诸本心和忏悔，佛教是禅坐静观，天主教是默祷弥撒……在信仰里，人可以有奉献、谦虚、宽容、相信宇宙力量等等美德。

最重要的是，信仰使人清净自在，真心圆满，远离欺倒梦想。尤其是佛法中认为信是最上乘的，也是最世间的，因为信才能得智慧，才能成正觉，才能渡生死的大河。《大乘十法经》说："信为最上乘，以是成正觉；是故信等事，智者敬亲近。信为最世间，信者无穷之；是以信等法，智者正亲近。不信善男子，不生诸白法；犹如焦种子，不生于根芽。"《梵纲戒经》说："一切行以信为首，众德根本。"《心地观经》说："入佛法海，信为根本。渡生死河，戒为船筏。"都说明了信仰的重要。

对于信仰的人，《楞严经》说得好："譬如琴、瑟、箜篌、琵琶，虽有妙音，若无妙指，终不能发。"《达摩血脉论》则说："所以不信，譬如无目人，不信道有光明，纵向伊说亦不信，只缘盲故，凭可辨得日光？"

没有信仰的人难以知道信仰可以带给人怎样的悦乐，也很难知道信仰可以达到怎样平静清净的境界，当然不知宇宙之大，时间之无量了。

禅宗有一副名联是："万古长空，一朝风月。"南宋的善能禅师解释得最好："不可以一朝风月，昧却万古长空；不可以万古长空，不明一朝风月。"正如当代最伟大的科学家爱因斯坦所说："那些无法参透的事物所呈现的是最高的智慧和光彩夺目的美，而我们类似萤火之光的能力，却只能靠'知'与'感'，这种最原始的形式来了解它呢！"

信仰的智慧确是无与伦比的、至高无上的、正见无邪的智慧。

我们都是有情的众生，财富、名器、享用皆不难求，难的是能把智慧信仰摆在一切之上，使我们心如赤子，得真正的明净与感动，如佛所言："我净故施净。施净故愿净。愿净菩提净。道净一切净。"

人生还有什么比清净是更高的境界、更真如之美呢？

一九八六年二月一日

习　气

　　于右任先生有一把漂亮的大胡子，有一天，他遇到一位小女生，对他的胡子感到兴趣，这位小女生问于右老："您睡觉的时候，这一把胡子是放在棉被外面还是放在棉被里面？"

　　于老先生一时被问住了，想半天也想不起睡觉的时候胡子放在哪里，只好对小女孩说："我改天再告诉你。"

　　回到家里的那一天晚上，于右老失眠了，他先把胡子放在被子里，感到不对劲，又把胡子拉到被子外面，也觉得不对，他一个晚上就这样把胡子搬来搬去，结果不知道胡子到底是在被子里或是被子外。

　　很久以后，于右任终于弄清楚，他的胡子有时在棉被外，有时在棉被内。

　　其次，在我们的生活里，有许多事都和于老的胡子一样，弄不清到底是什么面目。最简单的问题往往最不能找到答案，例如：你下飞机的时候是右脚先下，还是左脚先下？

我有一个朋友是电影导演，他要到澎湖去拍戏，先找到一位密宗的大师看看到澎湖以后的运气，大师对他说："你下飞机的时候记得要左脚先下，否则你这一部电影就完蛋了。"

我的导演朋友下飞机时突然忘记了到底是应该左脚先下，还是右脚先下，站在飞机的阶道上呆住了，不敢跨出去，直到空中服务员赶他，他的右脚才跨出去，走了几步以后才想起大师叫他先放左脚，顿时捶胸顿足，把自己狠狠骂了一顿，后来电影不卖座，他一直恨着自己的右脚。

当然，这些习焉不察的事，有时对我们并没有什么伤害。可是有一些就有伤害了，例如你问一个抽烟的人：你一天抽几支烟，一支烟有多少尼古丁？我相信很少有人能精确地回答出来。或者说问一个普通人：你童年的时代什么样子？你青少年时代不是很有抱负的吗？今天你为什么变成这个样子？问题出在哪里？同样的，很少人能回答出来。

但是我们知道，抽烟对我们的身体有很大的伤害，如果我们不正视它，将来一定会出问题的。而我们过去有那么大的理想，今天为何没有成功，一定在某一个环节出了问题，如果我们找到了问题的症结，肯定对我们今后的成功有帮助。

我想，那时是因为习气，我们明明知道很多选择、很多习惯是坏的，偏偏要去做，这就是习气，是俗话说："野狗改不了吃屎。"路上的野狗你给它好东西吃，它吃到一半，闻到屎味又跑去吃屎了，许多戒烟的人老是戒不掉，就是这个道理。这样说似乎有点刻薄，然而，坏的习惯不正是如此吗？

曾经有一个失眠的人去找心理医生，心理医生教他数绵羊，那一天他又失眠了，医生问他，他说："绵羊都跑走了，抓不回来怎么办？"

医生说："你不要管它，假设你有一千只绵羊，跑掉一些有什么关系？"

第二天他又失眠了，医生问他原因，他说："我的一千只绵羊今天都数完了，明天怎么办？"

你看，习气是多么可怕的东西，如果一个人有坏的习气，即使有一百万只绵羊，也有数完的一天。

所谓成功的人生也者，就是一天减少一些习气，减少习气唯一的方法就是去面对它。

一九八六年三月一日

拥　有

星云大师退位的时候，许多人都为他离开佛光山而感到惋惜，他说了两段非常有智慧的话，他说：

佛光山如果要说是属于我的，就是属于我的。因为大自然的一切，小如花草清风，大到山河大地，如果你认为是你的，它就是你的了。

佛光山，如果要说不是属于我的，就不是属于我的。因为不要说佛光山这么大的园林，不能为个人拥有，即使是自己的身体也不是自己所拥有的。

这两段话很有智慧，是由于大师真正彻悟地照见了人生的本质，人具有两种本质，一种是极为壮大开阔的，一种又是极端的渺小和卑微。在心念广大的时候，我们可以欣赏一切、涵容一切，可是比照起我们所能欣赏与涵容的事物，我们又显得太渺小了。

明了了这一层，一个人对事物的拥有是应该重新来认识的。我们常在心里想着："这是我的房子，这是我的车子，这是我的土地，这是我的财产……这个是我的，那个也是我的。"因为我们拥有了太多的东西，所以害怕失去，害怕失去才是痛苦的根源，所以有了拥有，就有了负担，就不能自在。

到了年老体衰，即使拥有许多东西，但不能享用，也就算失去了；最后两手一摊，不管放什么宝贝的东西也握不住了。

在佛经里，所有娑婆世界的一切，都不是用来拥有的，而是用来舍的，一个人舍得下一切则是真正壮大，无牵无挂；一个人拥有一切正是沉沦苦痛的泉源。

我们是入世的凡夫，难以直趋其境，但我们可以训练一种拥有，就是在心灵上拥有，不在物欲上拥有；在精神上对一切好的东西能欣赏、能奉献、能爱，而不必把好的事物收藏成为自己专有。能如此，则能免于物欲上的奔逐，免于对事物的执迷，那么人生犹如宽袍大袖，清风飘飘，何忧之有？

清末才子王国维曾在《〈红楼梦〉评论》中说：

> 濠上之鱼，庄、惠之所乐也，而渔父袭之以网罟；舞雩之木，孔、曾之所憩也，而樵者继之以斤斧。若物非有形，心无所住，则虽殉财之夫，贵私之子，宁有对曹霸、韩干之马，而计驰骋之乐，见毕宏、韦偃之松，而思栋梁之用，求好逑于雅典之偶，思税驾于金字之塔者哉？

说得真是好极了！当人看到鱼只想到吃，看到树就想要砍，看到大画家画的马也想骑，画的松树只想到盖房子……那么这些人就永远不能拥有鱼的优游、树的雄伟、马的俊逸、松的高奇种种之美，则其所欲弥多，随之苦痛弥甚，还能体会什么真实的快乐呢？

一九八六年四月一日

被失败的苹果击中

　　闻名世界的日本服装设计师三宅一生，在被问到他如何成功地设计出独创一格的服装时，谈到两个颇值深思的问题。

　　一是他认为自己所设计的服装只完成了"部分"，而把一半创造的空间留给穿衣服的人，这样，使得穿衣服的人能穿出自己的风格，并且使同一件衣服也有极大的不同，依这个观念设计出来的服装不容易失败。二是他选择衣服布料的时候，总是请布厂拿出设计、印染、纺织失败的布料，他则依照这些被公认为"失败"的布料找到灵感，裁制出最具独创与美感的作品，因此他的作品总是独一无二，领导着世界的服装潮流。

　　三宅一生的话给我们许多启示。他无疑是当今日本最成功的服装设计师，他的年收入大约五千万美元。因为他，日本服装业得到国际性的尊敬，东京的服饰新潮始能与巴黎、纽约、米兰抗衡，成为世界流行的中心。

　　三宅一生的服饰近年也在台北登陆，是台北关心服装的人所共知的服装大师级人物。他的"失败哲学"，颇有值得我们参考的地方。对于一个有创造力的艺术家来说，生活的进程最重要的是有成功的企图心，但是，成功不是必然的，唯有在失败的因子里找成功的果实，才可能创造真正的成功。

美国现代大画家路西欧·方达（Lucio Fontan），早年画油画时受到顿挫，心情大为恶劣，有一天坐在画布前面竟一笔也画不下去。他生气地拿起一把刀把画布割破了，在画布破裂的一刹那，犹如电光石火，他马上有了一个灵感："割破的画布算不算是一种创作呢？"于是他把另外的画布拿来，一一割破，然后公开展览，竟使他创造了新的艺术观，成为一代大师。

当然，像他们这样在失败中求取成功的人，历史上不可胜数，我们可以把这种失败称之为"打在牛顿头上的苹果"，因为他们被失败的苹果击中，才碰击出成功的火花。

佛经里有一句话："众生以菩提为烦恼，菩萨以烦恼为菩提。"或说"烦恼即菩提"。意思不是烦恼等于菩提，而是说对于有慧心的人，总能在烦恼中找到智慧，为了治愈更多的烦恼，因此产生更高的智慧——平顺的人通常不会比愈挫愈奋的人有智慧，真正的智者，往往能不惮失败的烦恼。安乐令人沉沦，忧患反而激发生存的力量，也就是这个道理。

在现实生活中，失败当然是一件可怕的事，几乎没有人喜欢失败；可惜这世界上没有永远的成功者，我们可以肯定地说："那些在人生后半段成功的人，是由于他们在人生前半段的失败中，找到了成功的灵感。"唯有在失败中成功，才不只是形式与事业的成功，而是连心灵也成功了。

一九八六年五月一日

卷二　曼陀罗

孔雀菜

带孩子上菜市场，偶然间看到一个菜贩在卖番薯叶子，觉得特别眼熟。

番薯叶子是我童年在乡下常吃的青菜，那时或许也不能算是青菜，而是种番薯的副产品。番薯是最容易生长的作物，旧时乡间每一家都会种番薯田，尤其是稻子收成以后，为了使土地得到调节，并善用地利，总会种一些番薯，等到收成以后再播下一季的稻子。

在过去，番薯为乡间农民做了很大的贡献，好的番薯可以出售，可以果腹以补白米的不足，较差的则可以用来养猪。番薯菜叶也是养猪用的，所以在乡下叫"猪菜"，但大人们觉得养猪也可惜，总是把嫩的部分留下来，作为佐餐的菜肴。三十年前，不太有多吃青菜的观念，只要能吃饱就很不错了，因此，番薯叶子几乎是家庭里最常见的青菜。

市场里看到番薯叶子，忍不住对孩子说起童年关于番薯叶子的记忆，孩子专注聆听，似懂非懂，听完了，突然举起小手指着番薯叶子说："这应该叫孔雀菜！"

"孔雀菜？为什么要叫孔雀菜呢？"我惊奇地问。

"因为它长得真像孔雀的尾巴。"

我拿起摊子上摆着的番薯叶子，仔细端详，果然发现它的样子像极了孔雀尾巴，它的梗笔直拉高，末端的叶子青翠怒放，尤其是有一些圆形的品种，张开来，简直就是开屏时的孔雀了。

四岁孩子的观察力与想象力深深地震撼了我。在过去，番薯叶子对我是一种贫苦生活的象征，因为我和千千万万台湾的农家子弟一样，经验了物质匮乏的苦，所以看到番薯叶子，那些苦的生活汁液便被搅动了。可是对于我的孩子，他生命里还没有苦的概念，因此在最平凡最卑贱的番薯叶子里竟看见了孔雀一般的七彩之美，番薯叶子对他便成为一种美丽与快乐的启示了。

从那一次以后，我们家就把番薯叶子称为"孔雀菜"，吃的时候仿佛一切的苦难都消失了，只留下那最快乐的部分，而这平凡卑微的菜式也变得格外的高贵精美了。

可见，一个人对于苦乐的看法并不是一定，也不是永久的，就如同我现在回想童年生活，感觉到它有许多苦的部分，其实苦中有乐，而许多当年深以为苦的事，现在想起来却充满了快乐。

乞丐中的乞丐

苦乐非但是随着时间空间而有不同的感受，并且也是纯主观的，在这个世界上，主观的说可能有最苦的人或最苦的事件，可是在客观里，人的苦乐就没有"最"字了。

就像孔子的学生颜回，他居陋巷，曲肱而枕之，一箪食，一瓢饮，人不堪其忧，回也不改其乐。最值得注意的是"忧"和"乐"两个字，对一般人来说，颜回那么简单的生活，几乎是最苦的了，但他却不以为苦，反而觉得那是一种无上的快乐。这种境界，古来许多修习头陀苦行的禅师必然体会得最深刻，即使是近代，像人道主义者史怀哲，像伟大的教育者海伦·凯勒，像拯救印度的甘地，乃至深怀人类苦难悲愿特德蕾莎修女，他们不都是以苦为乐，成就了令人崇仰的志业吗？

痛苦和快乐是没有一定的道理的！

我记得小时候，我的父亲说过一个故事，他说从前有个乞丐，从这个乡村走到另一个乡村去乞讨金钱，路途的跋涉自不在话下，但是他在那个乡村从早到晚，只讨到一点点的钱，黄昏的时候他悲哀地想着："我一定是这个世界上最可怜的人了，做了乞丐还不要紧，居然走了一天路，还讨不到钱，天底下还有像我这么可怜的人吗？"

他悲痛地走回他居住的乡村，一路上他遇到好几位乞丐，衣服比他更破烂，身体比他更瘦弱，走过来向他伸手要钱，他看到那些乞丐，忍不住百感交集落下泪来，想到："原来天底下还有比我更可怜的人！"

故事的结局是老套，这位乞丐从此改变了人生观，奋发向上，终于成为一个有用的人。

这个故事留给我很深的印象，因为它有一个深刻的哲理："除非我们自认为是世界上最可怜的人，否则我们一定不是最可怜的人。"苦乐乃是比较级的，没有了比较，苦乐就不会那么明显了。这个道理，梁启超曾写过一篇《惟心》，分析得最为透彻，我且引几段来看！

戴绿眼镜者，所见物一切皆绿；戴黄眼镜者，所见物一切皆黄；口含黄连者，所食物一切皆苦；口含蜜饴者，所食物一切皆甜。一切物果绿耶？果黄耶？果苦耶？果甜耶？一切物非绿、非黄、非苦、非甜，一切物亦绿、亦黄、亦苦、亦甜，一切物即绿、即黄、即苦、即甜。然则绿也、黄也、苦也、甜也，其分别不在物而在我，故曰"三界惟心"。

天地间之物，一而万，万而一者也。山自山，川自川，春自春，秋自秋，风自风，月自月，花自花，鸟自鸟，万古不变，无地不同。然有百人于此，同受此山、此川、此春、此秋、此风、此月、此花、此鸟之感触，而其心境所现者百焉；千人同受此感触，而其心境所现者千焉；亿万人乃至无量数人同受此感触，而其心境所现者亿万焉，乃至无量数焉。然则欲言物块之果为何状，将谁氏之从乎？仁者见之谓之仁，智者见之谓之智，忧者见之谓之忧，乐者见之谓之乐，吾之所见者，即吾所受之境之真实相也。故曰：惟心所造之境为真实。

梁启超的文字典雅明白，让我们看到苦乐的感受其实是主观的认定，这是庄子所说"子非鱼，安知鱼之乐"的道理。梁启超还有一段谈苦乐的文章，更精确地指出苦乐非但是主观的，而且是比较的，他说：

> 三家村学究得一第，则惊喜失度，自世胄子弟视之何有焉？乞儿获百金于路，则挟持以骄人，自富豪视之何有焉？飞弹掠面而过，常人变色，自百战老将视之何有焉？一箪食，一瓢饮，在陋巷，人不堪其忧，自有道之士视之，何有焉？天下之境，无一非可乐、可忧、可惊、可喜者，实无一可乐、可忧、可惊、可喜者。乐之、忧之、惊之、喜之，全在人心。所谓天下本无事，庸人自扰之。境则一也，而我忽然而乐，忽然而忧，无端而惊，无端而喜，果胡为者！如蝇见纸窗而竞钻，如猫捕树影而跳掷，如犬闻风声而狂吠，扰扰焉送一生于惊、喜、忧、乐之中，果胡为者！若是者，谓之知有物而不知有我；知有物而不知有我，谓之我为物役，亦名曰：心中之奴隶。

明白了这一层道理，苦乐又何足惧哉！

一切由己，自在安乐

从佛教的观点来看，苦乐的哲学则更可以了然，释迦牟尼在

《遗教经》里有五段谈到知足：

> 汝等比丘，若欲脱诸苦恼，当观知足。知足之法，即是富乐安隐之处。知足之人，虽卧地上，犹为安乐；不知足者，虽处天堂，亦不称意。不知足者，虽富而贫；知足之人，虽贫而富。不知足者，常为五欲所牵，为知足者之所怜悯。是名知足。

佛陀进一步指出一个人快乐的来源，就是"知足"，另一个快乐的来源是"少欲"，《遗教经》另一章说：

> 汝等比丘，当知多欲之人，多求利故，苦恼亦多；少欲之人，无求无欲，则无此患。直尔少欲，尚宜修习，何况少欲能生诸功德。少欲之人，则无谄曲以求人，意亦复不为诸根所牵，行少欲者，心则坦然，无所忧畏，触事有余，常无不足。有少欲者，则有涅槃，是名少欲。

这真是智慧之言，因为能少欲无为，所以能身心自在，如果我们把心量放大，再回来看苦乐，那苦乐就更不足道，佛陀在《四十二章经》中，说出了一个悟道者的真知灼见：

> 吾视王侯之位，如过隙尘。视金玉之宝，如瓦砾。视纨素之服，如敝帛。视大千界，如一诃子。视阿耨

池水，如涂足油。视方便门，如化宝聚。视无上乘，如梦金帛。视佛道，如眼前华。视禅定，如须弥柱。视涅槃，如昼夕寐。视倒正，如六龙舞。视平等，如一真地。视兴化，如四时木。

一个人假如能悟到如此巨大伟岸，苦乐再大，也自然无波。我们虽不能像佛陀有那样深广无上的智慧，但我们可以体会那样的智慧，也就不会为世苦所染着了。我们若能自我清洗、自我把持，减少外境的干扰，则较清净喜乐的人生并不是不可能的。在《大般涅槃经》里有一小段话是值得记诵的：

> 一切属他，则名为苦；
> 一切由己，自在安乐。

我们所说对苦乐的真实认识，也不是那么难以达到。我有一次坐出租车，就曾被出租车司机深深地感动，那个司机原来是一家贸易公司的小主管，他服务的公司倒闭了，一时之间找不到合适的工作，只好去开出租车，他说：

"我刚开始开出租车时，心情非常郁闷苦恼，时常想到我过去曾经有大的抱负，没想到沦落到来开出租车。而且出租车不是那么容易开的，新手忙了一整天所赚的钱可能还不如老手开个几小时。有一天，我早上八点就出门了，一直开到晚上十点，说起来你不相信，只赚了两百多块，不管怎么努力开，不是找不到客人，就是客人刚刚坐上别的出租车。那时的心情很难形容，我感觉到人生的绝望，我沦落来开出租车已经很惨了，我想天下没有比我更悲惨的出租车司机，跑了十四个小时，只收到两百块，连油钱都赚不回来。我就想，自杀算了！活在这个世界上还有什么意思呢？结果正想死的时候，遇到路边发生车祸，一家三口都受伤了，两个重伤，一个轻伤，我急忙把他们送到医院去，往医院的路上，我虽然为那家人难过，但自己的心情突然开朗，觉得我是很幸运的人了，四肢完好，身体也健康，年轻力壮，还能开出租车赚钱，比起那些受伤、残废、躺在医院里的人幸福得多了。"

世间何者最快乐

一个出租车司机就这样重生，因为他从生活中体会到苦乐的智慧，知道自己再苦，总有比我们更苦的人，积极的人生观就是这样建立起来的。我们其实也很容易像出租车司机一样，体会那种苦乐转换的心境，因为那原是一体的两面，汉武帝有一首短歌，颇能道出这种心情：

> 欢乐极兮哀情多，
> 少壮几时兮奈老何！

佛经里讲到苦乐更是拨开两面，直趋究竟，认为一切的苦是"苦苦"，就是人人认为的苦，那是苦的；而一切的乐是"乐苦"，就是看出快乐也是一种苦，是一种断灭之苦，当人失去快乐的时候，就是苦了。

我们来看看佛经的两个故事：

有四个新学比丘，一天在讨论"世间以何为最快乐"的问题。甲说："春情美景百花争妍，身游其间，最为快乐。"乙说："宗亲宴会，大吃特吃，最为快乐。"丙说："多积财宝，富贵傲人，最为快乐。"丁说："妻妾满堂，夸耀乡里，最为快乐。"四人各执己见，争论不休，刚刚好被佛听见，就告诫他们道："汝等学佛，未循正道修养，误以世法为乐，春景刚至，秋来摧残，有何快乐？胜会不常，盛筵易散，有何可乐？钱是五共（水浸、火烧、贼偷、子败、官没）之物，得来辛苦，散去忧虑，有何快乐？妻妾满堂，难免生怨死离，有何快乐？真正快乐，唯在解脱烦恼，证入涅槃！"

另一个故事是：从前有个信佛的普安王，请了邻国四个国王来聚餐，讨论到世间以什么事为最快乐。甲王说："旅游最快乐。"乙王说："和爱人在一起听音乐最快乐。"丙王说："家财万贯，一切如意，最快乐。"丁王说："有大权力，控制一切，最快乐。"普安王说："各位所说的都是痛苦之本，忧畏之源不是真正的快乐；须知乐极生悲，乐为苦薮，得势凌人，失势被辱。唯有信奉佛法，寂静无染，无欲无求，然后证道，才是人生第一乐事。"

如蜂采华，但取其味，不损色香

人世间的苦痛不外乎是贫穷、疾病、孤独、死亡、爱欲不能圆满等等，这原是无可如何之事，但如果我们能往前回溯，心情一如赤子，则番薯菜叶也自有孔雀开屏的丰采，自然能活得多一点点心安、多一点点自在。

在无穷的岁月里，我们今生的百年只是一瞬间，在这一瞬间，我们如果能多认识自我的心灵，少一点名利的追逐；多一些境界的提升，少一点物欲的沉沦；那么过一个比较知足快乐的生活并不太难，忘乎苦乐的出世观照非寻常人能够，但入世生活如果能依佛所说："于好于恶，勿生增减……如蜂采华，但取其味，不损其味，不损色香。"一方面体会生命的种种滋味，一方面浅尝即止不使自己受到伤害，则面对或苦或乐时也能坦然处之了。

一九八六年三月十五日

三生石上旧精魂

宋朝的大诗人、大文学家苏东坡曾经写过一个非常有趣的故事《僧圆泽传》，这个故事发生于唐朝，距离苏东坡的年代并不远，而且人事时地物都记载得很详尽，相信是个真实的故事。

原文是文言文，采故事体，文章也浅白，所以并不难懂，我把原文附在下面，加上我自己的分段标点：

僧圆泽传

洛师惠林寺，故光禄卿李憕居第。禄山陷东都，憕以居守死之。

子源，少时以贵游子，豪侈善歌闻于时。及憕死，悲愤自誓，不仕、不娶、不食肉，居寺中五十余年。

寺有僧圆泽，富而知音，源与之游，甚密，促膝交语竟日，人莫能测。

一日相约游青城峨嵋山，源欲自荆州溯峡，泽欲取

91

长安斜谷路，源不可，曰："吾已绝世事，岂可复道京师哉？"泽默然久之，曰："行止固不由人。"遂自荆州路。

舟次南浦，见妇人锦裆负瓮而汲者，泽望而泣曰："吾不欲由此者，为是也。"

源惊问之，泽曰："妇人姓王氏，吾当为之子，孕三岁矣！吾不来，故不得乳。今既见，无可逃者，公当以符咒助我速生。三日浴儿时，愿公临我，以笑为信。后十三年，中秋月夜，杭州天竺寺外，当与公相见。"

源悲悔，而为具沐浴易服，至暮，泽亡而妇乳。三日往视之，儿见源果笑，具以语王氏，出家财，葬泽山下。

源遂不果行，反寺中，问其徒，则既有治命矣！

后十三年，自洛适吴，赴其约。至约所，闻葛洪川畔，有牧童，扣牛角而歌之曰：

三生石上旧精魂，赏月吟风莫要论；
惭愧情人远相访，此身虽异性长存。

呼问："泽公健否？"

答曰："李公真信士，然俗缘未尽，慎勿相近，惟勤修不堕，乃复相见。"又歌曰：

身前身后事茫茫，欲话因缘恐断肠；
吴越山川寻已遍，却回烟棹上瞿塘。

遂去，不知所之。

后二年，李德裕奏源忠臣子，笃孝。拜谏议大夫，不就。竟死寺中，年八十。

一个浪漫的传说

这真是一个动人的故事，它写朋友的真情、写人的本性、写生命的精魂，历经两世而不改变，读来令人动容。

它的大意是说，富家子弟李源，因为父亲在变乱中死去而体悟人生无常，发誓不做官、不娶妻、不吃肉食，把自己的家捐献出来改建惠林寺，并住在寺里修行。

寺里的住持圆泽禅师，很会经营寺产，而且很懂音乐，李源和他成了要好的朋友，常常坐着谈心，一谈就是一整天，没有人知道他们在谈什么。

有一天，他们相约共游四川的青城山和峨眉山，李源想走水路从湖北沿江而上，圆泽却主张由陆路取道长安斜谷入川。李源不同意，圆泽只好依他，感叹地说："一个人的命运真是由不得自己呀！"

于是一起走水路，到了南浦，船靠在岸边，看到一位穿花缎衣裤的妇人正到河边取水，圆泽看着就流下泪来，对李源说："我不愿意走水路就是怕见到她呀！"

李源吃惊地问他原因，他说："她姓王，我注定要做她的儿子，因为我不肯来，所以她怀孕三年了还生不下来，现在既然遇到了，就不能再逃避。现在请你用符咒帮我速去投生，三天以后洗澡的时候，请你来王家看我，我以一笑作为证明。十三年后的中秋夜，你来杭州的天竺寺外，我一定来和你见面。"

李源一方面悲痛后悔，一方面为他洗澡更衣，到黄昏的时候，圆泽就死了，河边看见的妇人也随之生产了。

三天以后李源去看婴儿，婴儿见到李源果真微笑，李源便把一切告诉王氏，王家便出钱把圆泽埋葬在山下。

李源再也无心去游山，就回到惠林寺，寺里的徒弟才说出圆泽早就写好了遗书。

十三年后，李源从洛阳到杭州西湖天竺寺，去赴圆泽的约会，到寺外忽然听到葛洪川畔传来牧童拍着牛角的歌声：

　　　　我是过了三世的昔人的魂魄，
　　　　赏月吟风的往事早已过去了；
　　　　惭愧让你跑这么远来探访我，
　　　　我的身体虽变了心性却长在。

李源听了，知道是旧人，忍不住问道："泽公，你还好吗？"

牧童说："李公真守信约，可惜我的俗缘未了，不能和你再亲近，我们只有努力修行不堕落，将来还有会面的日子。"随即又唱了一首歌：

　　　　身前身后的事情非常渺茫，

想说出因缘又怕心情忧伤；

吴越的山川我已经走遍了，

再把船头掉转到瞿塘去吧！

牧童掉头而去，从此不知道往哪里去了。

再过三年，大臣李德裕启奏皇上，推荐李源是忠臣的儿子又很孝顺，请给予官职，于是皇帝封李源为谏议大夫，但这时的李源早已彻悟，看破了世情，不肯就职，后来在寺里死去，活到八十岁。

真有三生石吗？

圆泽禅师和李源的故事流传得很广，到了今天，在杭州西湖天竺寺外，还留下来一块大石头，据说就是当年他们隔世相会的地方，称为"三生石"。

"三生石"一直是中国极有名的石头，可以和女娲补天所剩下的那一块顽石相媲美，后来发展成中国人对前生与后世的信念，不但许多朋友以三生石作为肝胆相照的依据，更多的情侣则在三生石上写下他们的誓言，"缘定三生"的俗话就是这样来的。

前面说过，这个故事很可能是真实的，但不管它是不是真实，至少是反映了中国人对于生命永恒、真性不朽的看法。透过了这种"轮回"与"转世"的观念，中国人建立了深刻的伦理、生命、哲学，乃至于整个宇宙的理念，而这些正是佛教的入世观照和慧解。

我们常说"七世夫妻",常说"不是冤家不聚头",常说"十年修得同船渡,百年修得共枕眠",常说"缘定三生,永浴爱河"……甚至于在生气的时候咬牙说:"我死了也不会放过你!"在歉意的时候红着脸说:"我下辈子做牛做马来报答你!"在失败灰心丧志的时候会说:"前辈子造了什么孽呀!"看到别人夫妻失和时会说:"真是前世的冤家!"

这种观念在中国是无孔不入的,民间妇女杀鸡杀鸭时会念着:"做鸡做鸭无了时,希望你下辈子去做有钱人的儿子。"乃至连死刑犯临刑时也会大吼一声:"二十年后,又是一条好汉!"

所以,"三生石"应该是有的。

轮回与转世都是佛教的基本观念,佛教里认为有生就有死,有情欲就有轮回,有因缘就有果报,所以生生世世做朋友是可能的,永生永世做爱侣也是可能的,当然,一再的做仇敌也是可能的……但生生世世,永生永世就永处缠缚,不得解脱,唯有放下一切才能超出轮回的束缚。

在《出曜经》里有一首偈,很能点出生死轮回的本质:

伐树不尽根,

虽伐犹复生;

伐爱不尽本,

数数复生苦。

犹如自造箭,

还自伤其身;

内箭亦如是，

爱箭伤众生。

在这里，爱作欲解，没有善恶之分，被仇恨的箭所射固然受伤，被爱情的箭射中也是痛苦的，一再的箭就带来不断的伤，生生世世地转下去。

另外，在《圆觉经》里有两段讲轮回，讲得更透彻：

一切众生，从无始际，由有种种恩爱贪欲，故有轮回。若诸世界一切种性，卵生、胎生、湿生、化生，皆因淫欲而正性命。当知轮回，爱为根本。由有诸欲，助发爱性，且故能令生死相续。欲因爱生，命因欲有，众生爱命，还依欲本。爱欲为因，爱命为果。

一切世界，始终生灭，前后有无，聚散起止，念念相续，循环往复，种种取舍，皆是轮回。未出轮回，而辨圆觉；彼圆觉性，即同流转；若免轮回，无有是处。譬如动目，能摇湛水，又如定眼，犹回转火，云驶月运，舟行岸移，亦复如是。

可见，轮回的不只是人，整个世界都在轮回。我们看不见云了，不表示云消失了，是因为云离开我们的视线；我们看不见月亮，不表示没有月亮，而是它运行到背面去了；同样的，我们的船一开动，两岸的风景就随着移动，世界的一切也就这样了。人的一生像行船，出发、靠岸，船（本性）是不变的，但岸（身体）在变，风景（经历）就随之不同了。

这种对轮回的譬喻，真是优美极了。

嘴里芹菜的香味

谈过轮回，我再说一个故事，这是和苏东坡齐名的大诗人黄山谷的亲身经历。黄山谷是江西省修水县人，这故事就出自修水县志。

黄山谷中了进士以后，被朝廷任命为黄州的知府，就任时才二十六岁。

有一天他午睡的时候做梦，梦见自己走出府衙到一个乡村里去，他看到一位满头白发的老太婆，站在家门外的香案前，香案上供着一碗芹菜面，口中还叫着一个人的名字。黄山谷走向前去，看到那碗面热气腾腾好像很好吃，不自觉地端起来吃，吃完了回到衙门，一觉睡醒，嘴里还留着芹菜的香味，梦境十分清晰，但黄山谷认为是做梦，并不以为意。

到了第二天午睡，又梦到一样的情景，醒来嘴里又有芹菜的香味，因此感到非常奇怪，于是起身走出衙门，循着梦中的道路走去，一直走到老太婆的家门外，敲门进去，正是梦里见到的老妇，就问她有没有摆面在门外，喊人吃面的事。

老太婆回答说："昨天是我女儿的总辰，因为她生前喜欢吃芹菜面，所以我在门外喊她吃面，我每年都是这样喊她。"

"您女儿死去多久了？"

"已经二十六年了。"

黄山谷心想自己正好二十六岁，昨天也正是自己的生日，于是再问她女儿生前的情形，家里还有什么人。

老太婆说："我只有一个女儿，她以前喜欢读书，念佛吃素，非常孝顺，但是不肯嫁人，到二十六岁时生病死了，死的时候对我说她还要回来看我。"

"她的闺房在哪里，我可以看看吗？"黄山谷问道。

老太婆指着一间房间说："就是这一间，你自己进去看，我给你倒茶去。"

黄山谷走进房中，只见房里除了桌椅，靠墙有一个锁着的大柜。

黄山谷问："里面是些什么？"

"全是我女儿的书。"

"可以开吗？"

"钥匙不知道被她放在哪里，所以一直打不开。"

黄山谷想了一下，记起放钥匙的地方，便告诉老太婆找出来，打开书柜，发现许多文稿。他细看之下，发现他每次试卷写的文章竟然全在里面，而且一字不差。

黄山谷这时才完全明白他已回到前生的老家，老太婆便是他前生的母亲，老家只剩下她孤独一人。于是黄山谷跪拜在地上，说明自己是她女儿转世，认她为母，然后回到府衙带人来迎接老母，奉养终身。

后来，黄山谷在府衙后园植竹一丛，建亭一间，命名为"滴翠轩"，亭中有黄山谷的石碑刻像，他自题像赞曰：

似僧有发，似俗脱尘；

做梦中梦，悟身外身。

为他自己的转世写下了感想，后来清朝的诗人袁枚读到这个故事曾写下"书到今生读已迟"的名句，意思是说像黄山谷这样的大文学家，诗书画三绝的人，并不是今生才开始读书的，前世已经读了很多书了。

站在自己的三生石上

黄山谷体会了转世的道理，晚年参禅吃素，曾写过一首戒杀诗：

我肉众生肉，

名殊体不殊；

原同一种性，

只是别形躯。

苦恼从他受，

肥甘为我须；

莫教阎老断，

自揣看何如？

苏轼和黄山谷的故事说完了，很玄是吗？

也不是那么玄的，有时候我们走在一条巷子里，突然看见有一家特别的熟悉；有时候我们遇见一个陌生人，却有说不出的亲切；有时候做了一个遥远的梦，梦景清晰如见；有时候一首诗、一个古人，感觉上竟像相识很久的知己；甚至有时候偏爱一种颜色、一种花香、一种声音，却完全说不出理由……

人生，不就是这样偶然的吗？每个人都站在自己的"三生石"上，只是忘了自己的旧精魂罢了。

一九八六年一月十五日

金箭与铅箭

希腊神话里，爱神丘比特身上背了两支箭，一支金箭，一支铅箭，传说被金箭射中的人就会滋生爱苗，情爱如痴；被铅箭射中的人就反目成仇，恨之入骨。

一般人总是希望永远不要被铅箭射中，而且希望天天被金箭射中。可叹的是，丘比特总是双箭连发，当一个人为金箭沉迷的时候，第二支铅箭马上就射来了。

但是人有所不知，金箭与铅箭不是背在丘比特身上，而是背负在我们自己心上。我们热爱一个人的时候，其心如金，闪闪生辉，所中之处鸟语花香，皆如春天；我们怨恨人的时候，其心如铅，灰败沉重，所到之地冰雪封冻，一如严冬。

同一棵树，春天来的时候就发芽生长，冬天来了便落叶萧瑟。同样的一个人，心中有爱就点石成金，失去了爱则黄金也变成铅。

其实，我们每个人都背着金箭与铅箭。

爱神，就是我们自己。

"爱神就是我们自己"的意思，并不是说这世界除了我们就没有爱神，只是爱神是一个无形的东西，它是我们的环境和因缘，我们内心的金箭与铅箭是我们的"内缘"，我们外在的机遇就是我们的"外境"，而时间与空间的因素是我们的"助缘"。

当我们的内缘与外境、助缘和谐的时候，我们就射出了金箭；可是当内缘、外境、助缘不和谐，甚至起冲突的时候，我们的铅箭就射出去了。

我想，我们对一个人由爱生恨，有时是因我们自己产生了厌离之心，但大部分时间是由于那个对象背弃了我们，后一种情况比较严重，是我们自己用有毒的铅箭射中我们自己，我们的一念怨毒就是一支铅箭，我们天天怨毒就天天中箭。

我认识一些人，他们在爱情里受伤，经过了数十年还满腹的怨恨，这些人心中所射出的铅箭怕是早已塞满天地之间了。

如何把铅箭拔掉才是更重要的吧！

梨花的两种面目

人不只背负着金箭和铅箭，人心还能发射更多的东西。日本近代的禅学大师铃木大拙称之为"渴爱"，并且认为一切都是由渴爱来的，他说：

渴爱要看，于是便有了眼睛；

渴爱要听，于是便有了耳朵；

渴爱要跳，于是便有了麋鹿、羚羊、兔子，以及其他会跳的动物；

渴爱要飞，于是便有了各式各样的鸟；

渴爱要游，于是凡有水的地方便有了鱼；

渴爱要开花，于是便有了种种不同的花卉；

渴爱要发光，于是便有了星星；

渴爱要有天体运行的场合，于是便有了天文学上所说的种种现象；

如此等等，举不胜举。

渴爱是宇宙创造者。

因此，"渴爱"先于我们，因为有渴爱，所以我们才有种种的形体，种种的行为，种种的表现。我们先爱了，才产生了善意、关怀、牺牲、有舍、付出，甚至为了所爱，不惜生命；也因为我们先有恨，才有仇恨、嗔毒、抛弃、伤害、毁灭、自私，甚至为了仇恨，消灭自己。

渴爱与外在的对应也是非常重要，我们如果只有金箭和铅箭，而没有弓，以及拉弓的力，不管什么箭都射不出去。

我有一个朋友，他家的院子里有一株梨树，每年都会盛开洁白得几近于无染的梨花，有一天他告诉我："每天抬头看到窗外的梨花落了一地，心里真是感到凄凉，在这个世界上，再好的东西也要凋谢和败坏的吧！我们是多么无能，竟然不能保留一朵梨花，让它永远开在树上。"

我看着朋友的信，想到他倚窗独坐的寂寞的影子，不禁也感受到他的忧伤，好像我亲见了他窗外落了一地梨花。

朋友正遭逢一次婚姻与爱情的巨变，心情灰败到极点，这个时候，不要说是梨花，就是节庆的烟火，快乐的颂歌，明朗的阳光，在他的眼中都是忧伤的。

我想到他以前的另一封来信："我真是爱极了院子里这棵梨花，搬到这里选中这个房子，有一大半是因为这棵梨树。早晨醒来站在窗前看梨花落了一地，实在美丽非凡，今天还看到梨树的枝丫间正冒着新芽哩！"

这封信是他结婚不久，刚搬新家时写的，朋友可能早已忘了他曾经以如此美丽的角度去看梨花，两相对照，我们可以体会到，梨花还是同一株梨花，只因看的人心情不同也就有了差别。

最后，梨树被朋友砍倒，因为他要搬家了，他说："我砍倒了梨树，因为我不希望别人拥有它，我要让它永远只活在我的记忆里。"

那棵梨树何辜呢？

可见渴爱所发出的力量有多么强大了！

也可见渴爱与形体有深刻的对应，我们作为人一天，就一天不能去除所有的渴爱，但是，如果我们用对应的转化，可以把不善的渴爱变成善的渴爱。

心常欢喜、离垢、发光……

铃木大拙另有一段极为优美的文字，谈到渴爱的本质与对应，因为太优美了，我忍不住抄录在这里：

> 在一只猫追逐一只老鼠的时候，在一条蛇吞食一只青蛙的时候，在一条狗凶猛地向树上的一只松鼠大吠的时候，在一头猪在污泥中哼叫的时候，在一条鱼悠游自在地在水里游动的时候，在波涛汹涌地在怒海上面奔跃的时候，难道我们不在这当中感到我们本身的"渴爱"表现着某些变化无尽的形态吗？星星在晴朗的秋夜发着闪闪的光芒，沉思般地眨着眼睛；莲花在夏日的清晨开放着，甚至在太阳尚未升起之前就展开了它的花瓣；春天来到的时候，所有一切的树木都从漫长的冬眠之中醒来，争先恐后地爆出新生的绿叶——难道我们不是也能看出我们人类的"渴爱"在这当中展露它一部分特质吗？

明白了这个道理，我们就知道了人可以通过修行走向清净的道路，知道了生命的悦乐或爱痛的源泉是我们自己，同时也知道了菩萨之道实是心之所发。

可是，作为一个菩萨，投生到娑婆世界仍然是形象的凡夫，若投生到地狱恶道，也要和地狱众生同受诸种大苦。不同的是，在对应的时候，凡夫感受到无法超越的苦，随苦而转，菩萨虽也处于苦境，却能不沉溺于苦，不为苦所缠缚，甚至以苦为乐——就是他身上纵使被铅箭所射满，但他不因此生恨，由他自己心里射出去的全是金箭。

《华严经》里有一段弥勒菩萨和善财童子的对话，说到有菩萨心者则"火不能烧，毒不能中，刀不能伤，水不能漂，烟不能熏"；弥勒菩萨接着说："得一切智菩提心药，离五怖畏。何等为五？不为一切三毒火烧，五欲毒不中，惑刀不伤，有流不漂，诸觉观烟不能熏害。"

菩萨并未能免除一切俗世的遭遇，但不同的是在遭遇的时候，他能不被贪嗔痴三毒所焚烧，又能不被色声香味触五欲所射中，不会被迷惑的刀刃所杀伤，不会随波逐流失去清醒，也不会被种种思维辩证的烟所障蔽。

所以，在这个污浊的人间，我们投生于此有两种可能，一是随业流转，一是乘愿再来。菩萨本来不用再来的，因为他要度化众生，发大愿，所以又来了，一旦来到这个世界就只有和众生一起受苦，然而他总有超拔的力量，把种种的烦恼转化为智慧。

在《华严经》《仁王经》里都记载了大乘菩萨的"十地"，也就是菩萨的十个不同层次。一是欢喜地菩萨，二是离垢地菩萨，三是发光地菩萨，四是焰慧地菩萨，五是极难胜地菩萨，六是现前地菩萨，七是远行地菩萨，八是不动地菩萨，九是善慧地菩萨，十是法云地菩萨。

后面几地菩萨的境界是我们凡夫所不能至，但不论在何景何情都能心常欢喜、心常离垢、心常发光、心常燃起智慧之火……都不是不可能的。

"凡夫"与"菩萨"实际上也是心的分别，是受（感受）、想（思维）、行（能动性）、识（细微分别，判断）的分别，而不是形象的分别，但到了最后则又没有分别了。

《法集经》里说：

> 亦得言一切法是菩提，亦得言一切法非为菩提。问曰："以何义故？一切法名为菩提，一切法非菩提？"答曰："于一切法，着我我所，此非菩提；觉一切法平等，知一切法真如，名为菩提。"

一切法，一切外境，一切一切对我们的喜乐或伤害都应作如是观，如果我因而被染着，那我就是一个没有智慧的人了。

在《首楞严三昧经》里，更清楚地说明这个道理：

> 一切凡夫，忆想分别，颠倒取相，是故有缚。动念戏论，是故有缚。见闻觉知，是故有缚。此中实无缚者，所以者何？诸法无缚，本解脱故。诸法无解，本无缚故。常解脱相，无有愚痴。

——事实上，心常解脱的人，心常平等，心常真如，才是真正有智慧的人。

不去草秽，禾实不成

佛教许多经典里，佛陀都说到当一个人动了慈爱之念，对方尚未得到慈爱的利益时，自己就先得利了；反之一个人怀有怨恨，对方尚未受害，自己就先受伤了。非仅如此，不论是慈爱或怨恨的付出，都还将绕一个圈子回来，报在自己身上。

像《出曜经》中说：

> 害人得害。行怨得怨。骂人得骂。击人得击。

《四十二章经》里说：

> 恶人害贤者，犹仰天而唾；唾不污天，还污己身。逆风坋人，尘不污彼，还坋于身。贤者不可毁，祸必灭己也。

到了终极，佛教里认为一个人如果不完全去除恶念，就不可能成道；要到了善意遍满，才打下得道的基础。《三慧经》里就说：

> 身譬如地，善意如禾，恶意如草。不去草秽，禾实不成。人不去恶意，亦不得道。人有嗔恚，是为地生蒺藜。善意如电，来即明，去便复冥。邪念如云覆日时，不见己恶意起，不见道。

这最后两句，是说我们寻常人很难做到完全没有恶念，但是最少应该在恶意萌起的时候，能自己知道，否则就与道无缘了。

所以，在铅箭射出之时，如果能立即觉察到，发出金箭，则人生还是有希望的，在《未曾有因缘经》里说："前心作恶，如云覆月；后心起善，如炬消暗"，正是这个道理。

我们每天从睡眠中起来，其实就是如箭在弦，把自己从自我射出，射到一个复杂的生活环境与人际关系，能够善处的人，不论遭遇到什么样的困境与烦恼，回到自我的时候，总是身心自在；不能善处的人，即使在快乐的时候，总埋下忧伤的暗影，回到自我的时候，那忧伤又会冒出头来。

当我们的念头发出时，注意它，不要让它空过，不要让它走失，凡所有事，都从善的角度来想，则人生有什么不可度的呢？则怨毒又如何伤害我呢？

化作春泥更护花

写到这里，我想到《四十二章经》里佛陀说的故事。

有一个人听到佛陀在修道，并且行大仁慈，心里就起了嗔念，用很难听的话来骂佛陀，佛陀默不应对，那个人骂了半天觉得奇怪，就停止叫骂，问佛陀说："为什么别人骂你，你都无动于衷呢？"

佛陀说："你办了很丰盛的礼物要送给别人，那个人并不接受，这礼物是不是又回到你自己的手上呢？"

那人说："当然又回到我的手上！"

佛陀说："今天你骂我，我并不接受，这就像你自己拿着祸事，又回到你的身上。"

因为这件事，佛陀就教化他的弟子："犹响应声，影之随形，终无免离，慎勿为恶。"

这个世界会变成今天这个样子，就是太多的仇恨、太多的欲望、太多的争夺、太多的嫉妒所造成的。当然，我们面对这样的世界是无能为力的，但至少我们能从本身做起，不随波逐流，做一个充满广大的、无私的、深刻的爱心的人。

即使从小爱来说，当我们曾经深切地爱过一个人之后，就不要再恨他了吧，如果不能再爱，就把爱化成关心、化成理解、化成清澄的智慧与明心。

如果要做春蚕，也不要到死都吐着怨恨的丝；如果要做蜡炬，也不要永远流着悲伤的泪。

我非常喜欢两句诗：

落红不是无情物，
化作春泥更护花。

这是多么优美的境界，一朵花化成了春天的泥土还护着一枝花，而花是不可能永远开在树上的。

若以人喻花，为什么有人一离开了枝丫，就怀恨、忧伤，完全忘记了自己曾经盛开的景况呢？

因此，从现在起，就把我们的铅箭丢掉，把我们的金箭起出，重新把弓拉满吧！

一九八六年三月十五日

不受第二支箭

　　在佛陀释迦牟尼的说法里，时常用到射箭的譬喻，每一个箭喻都非常精妙，发人深省。我有时读到佛经里有关于射箭的说法，时常会想：为什么佛陀这么喜欢说箭的比喻呢？

　　后来才想起佛陀的少年时代，原来佛陀是一位射箭的能手，他曾是释迦族里最擅长于射箭的。

　　释迦牟尼十几岁的时候，他的父亲净饭王为了提倡武术，举办了一次武艺竞赛大会。在竞赛的时候，他的堂弟提婆达多一箭射穿三个铁鼓，他的弟弟难陀也是一箭射穿三鼓，都赢得热烈的掌声。轮到释迦牟尼时，他嫌普通的弓箭力量太弱，令到武库中取来祖传的良弓，然后一箭射去，射穿七个铁鼓，天生神力，武艺精湛，被认为是将来可以统一印度的圣君。

　　佛陀出家以后，虽然不再使用武艺，但以箭来说法似乎是很自然的事。

拔除毒箭第一要紧

我在佛经里找了三个佛陀有关箭的譬喻，非常生动有趣，令人深思。第一个箭的譬喻是出自《中阿含经》。

佛陀成道之初，由于大家都知道他悟到了世间最高的真理，纷纷来皈依他，但佛陀对于许多形而上的问题不肯解答，正好那些形而上的问题恰是当时印度思想家最流行的论题。

这些问题即使到现在都还是流行和热门的，诸如：

"这个世界是有限的或无限的？"

"灵魂与身体是同一体或者是分开的？"

"人死后还存在不存在？"

佛陀不回答这些问题，使他的一个嗜爱哲学思考的弟子摩逻迦苦恼不已，有一天他跑到佛陀面前说："世尊！如果您不回答这些问题，我就不想跟随您了，不如还俗回家。"

佛陀凝视着他这个痴心的弟子说道：

"摩逻迦，如果有一个人中了毒箭，这时候他的朋友赶快要去请医生来。但是，这个被毒箭射中的人，假如要先查明：这箭是谁射的？是哪一种箭？箭的形状如何？等等，然后才肯接受治疗，那么他还没有把这些弄清楚之前，早就毒发身亡了。摩逻迦！这个世界是有限的或无限的？灵魂与身体是同一体或者是分开的？人死后还存在不存在？这些问题纵使找到了答案，还是解决不了这苦闷的人生啊！而人一生真正要做的，就是在于克服这苦闷的人生！

"所以，摩逻迦，凡是我没有阐释的事，你不用去想，凡是我所说教的事，你要好好地接纳。我所说的是哪些呢？我说过：'苦是世间的真相。'我说过：'业的累积聚集是苦的原因。'我说过：'要止息世间的苦只有消灭苦的原因。'我说过：'修行求道是在寻求一条出离解脱的途径。'"

佛陀的这段开示，说明了修行的人应该把"苦集灭道"四圣谛当成是最重要的，把人生的苦看作是射在我们路上的毒箭，佛教徒不应该耽溺于无用的议论，以致忽略了根本的课题。

这一段教化到现在对我们都还是有用的，假如我们太耽溺形而上的玄想，往往会因此浪费了一生，也找不到真正的答案，你看古往今来的无数所谓大哲学家，在这些问题上用了毕生精力，却从没有人有肯定的解答。

由此可见，在两千多年前，佛陀就是真正的大智者，为我们指出了人生实际的方向。

无常最迅速

第二个箭的譬喻是出自《杂阿含经》。

在舍卫城郊外的祇陀林精舍，有一天佛陀召集了他的弟子们，做了这样的说法：

"比丘们！假如这里有四位擅长射箭的人，另外来了一个人，向这四个人说：'当你们四位同时向东西南北四个方向射箭时，我能够在你们的箭还没有落地前，全部抓住它们！'比丘们！我虽然不相信有那么一个人，但是如果真有这样的人，他一定有非常快的速度。"

弟子们听了，向佛陀说："大德呀！那一定是快得不得了的速度。因为只要能捉住一个弓箭手向一个方向射出的箭使它不落地，已经需要很快的速度。何况这个人需要将射向四方的箭，统统在还没有落地之前捉住，他的速度快得太惊人了！"

佛陀接着说：

"比丘们！但是有比那个人的速度更为迅速的东西。日月在天上的运行，比之更为迅速。而且还有比日月的运行更为迅速的东西，就是人的寿命。人的寿命的轮转，比之日月的运行更为迅速。

"比丘们！因此你们应该领悟：'人的寿命的经过，比日月在天空上的运行更为迅速，所以我们必须以不放逸为本而努力！'你们应该以此为学习的目标。"

这个故事告诉我们，箭再快也快不过无常，无常是佛教的第一步说法，也是佛教的存在论。"无常"是什么呢？无常是说世间所存在的东西，无一不在变迁，是永远没有常态的，它迁移演变的速度则超出了我们的想象。

佛陀曾说："人的肉体（色）是无常，人的感觉（受）是无常，人的表象（想）是无常，人的意志（行）是无常，人的判断（识）是无常。"——照这样说不是四支箭，而是五支箭了。

明白了人生的无常与短暂，不论是佛教徒或非佛教徒，都不应该放逸，都应该牢记"生死事大，无常迅速，慎勿放逸"，好好精进努力，行善止恶。

不受第二支箭

第三个说法有关于箭，也是出自于《杂阿含经》。

佛陀有时会向弟子发问，这时往往他先有了极精辟的开示，当弟子无法回答的时候，他就把要说的教法说出，这样可以给弟子留下深刻的印象。

有一次，他就用这种方法来教导弟子，他问道："比丘们！没有受过我教法的人，遇见快乐的事会有快乐的感受，遇到痛苦的事会有痛苦的感受，遇到不苦不乐的事也会有不苦不乐的感受。同样的，受过我教法的人，也会遇见乐受，遇见苦受，遇见非苦非乐受。那么，我问你们，没有受教的人和已经受教的人之间到底有什么差别？"（这里所说的"受"，是"色受想行识"的受，是指人的感官接触外界的事象所产生的感觉、感情、感动与感受等等。）

弟子们不能回答佛陀的问题，于是说："大德！我们的法，以世尊为本，以世尊为眼，但请世尊开示！"

佛陀说出了心中的答案，他说："比丘们！没有受教的人，遭遇到苦受，就会悲叹万分，益加显得彷徨迷惑，好像中了第一支箭又中第二支箭一样，感到加倍的痛苦。相反的，受过教法的人，遭遇苦受，绝不致徒然悲叹，自乱手脚。所以说，受教的人之不同就是不受第二支箭。"

接着，佛陀也说了乐受，他说受教的人遇到乐受并不沉溺在快乐中陶醉，放逸了自己，因为一旦为陶醉于快乐而放逸，第二

116

支箭马上就会带来苦受，则因快乐带来的痛苦就加倍了。

佛陀的意思是，佛教的修行者与一般人应该有这样的不同：不管是遇到什么苦乐爱憎，都能自然的感受，而不会有特别的沉迷执着，也就不会受制于苦乐爱憎，能从束缚中超脱出来。

一般人则在痛苦时受苦，痛苦过了很久还苦恼不堪；在快乐时过度放纵，快乐过去后，苦亦随生；爱别离，怨憎会也是这样——这就是第二支箭。

在《景德传灯录》里，记载了一则大珠慧海禅师和有源律师的对话，最能表现这种"随时过，不为外境所转"的精神：

> 有律禅师来问大珠慧海禅师："和尚修道，还用功否？"
>
> 师曰："用功。"
>
> 曰："如何用功？"
>
> 师曰："饥来吃饭，困来眠。"
>
> 曰："一切人总如同师用功否？"
>
> 师曰："不同。"
>
> 曰："何故不同？"
>
> 师曰："他吃饭时不肯吃饭，百种须索；睡时不肯睡，千般计较，所以不同也。"

——这百种须索，千般计较不也是第二支箭吗？

讲了佛陀有关箭的教化，联想起来，拔除人生的痛苦烦恼之毒箭是最要紧的事，因为人生是这样无常短暂迅速于箭，而为了拔除人生的痛苦，我们应该培养不受第二支箭的胸襟。

修行的人也有快乐，也有痛苦，但修行的人不迷惑于快乐，也不在痛苦中迷失。

一九八五年九月一日

不放逸的生活

我有两个少年时代因采访认识的朋友，最近，一个去世了，名字叫作古龙；一个生了重病，名字叫作北港六尺四。

记得古龙过世前不久，我去看他，他的形容枯槁，苍老得像七十岁的老头子，他那时为重病所困，全身已没有一个器官是健康的，当然，酒是一点也不能喝了。

我们坐在日影西斜的暮色里，一起回忆着我们年轻的时候，那时为所谓的豪情所驱，每次会面一定是大醉狂歌而归，有时候一夜就喝掉十几瓶上好的白兰地。

大侠的挽歌

有一回，光是我们两人对饮，一夜就喝掉六瓶 XO，喝到眼睛不能对焦了，人在酒台一仰身就睡昏了过去。想起来，那已是八年前的旧事，那年我二十三岁，古大侠四十岁。

谈到这些，古龙说："你小的时候酒量酒胆——都是一流的，可惜我病成这样，否则真能再畅饮一番！"

我不知道说什么，两人沉默了一阵。

古龙突然说："其实，我很后悔以前过那么放纵的生活，尤其在酒色上面，荒唐得太久了。"我所认识的古龙，是向来不说丧气话、不表示悔意的，听他这样一说，反使我吃了一惊，他接着又说："你以后要少喝酒呀！"

"我早就戒酒了。"我说。

古龙先是露出诧异的神色，那神色就像所有认识我的朋友听到我戒酒的消息一样，然后马上转为欣慰说："酒不是什么好东西。"

其实，古龙的酒名之盛并不亚于他的武侠，在他的朋友里，我的酒量是排名在后面的，他的许多朋友都有把威士忌当白开水喝的本事，和他们喝酒，就像亲见到古龙小说中狂饮放歌的场面。

喝酒，也使古龙付出了十分惨重的代价。他的婚姻失败了，妻子远离，临终时竟没有亲人在身旁，含恨而去。他大部分的社会新闻都是因酒而起，在北投被砍杀的那一场，也是由于纵酒的关系。酒也使他昏沉，大部分时间沉迷醉乡，使他在最巅峰的时候，有很长一段时间没有作品，这是最可惜的。

从他劝我不要喝酒那一次以后，我没有再见过古龙，因为他遽然过世了，死时才四十八岁，死因完全是酒引起的。但是我想到他临死前劝我少喝酒的情状，知道那是朋友真正的善意，这种体会是他用生命的代价所换来的。

记得他病后在写《大武侠系列》，曾感慨地对着我说："我只希望老天还能给我两年的时间，让我把大武侠系列告一个段落，流传下来，这样我死也瞑目了。"

可叹，老天连一年的时间也不给他。

他死后，他的朋友商议要用四十八瓶最好的轩尼诗 XO 给他陪葬，我真希望他在九泉之下不要跳了起来说："我喝酒都喝死了，死了你们还叫我喝！"

他的朋友是一番善意，但是我们每个人劝人喝酒时何尝不是善意呢？只是善意放在酒中也变成杀人的毒汁了。

铁汉的悲剧

认识"北港六尺四"是多年前我在做报导文学的时候，那时对中国功夫很有兴趣，有一次路过北港，在妈祖庙前有一家北港六尺四开的药店，我就进去采访了这位从台湾乡间崛起的国术名家。

当时我看到的六尺四，神采奕奕，由于他的身形比一般人高大许多，感觉上壮得像一座山，最令我印象深刻的是他的手，张开手掌来就如同一张梧桐叶那样大，又宽又厚。

北港六尺四不只是身体棒，他的功夫也很了不起，他从小就随父亲练中国功夫，练了一身的气功，后来精通了太极拳、罗汉拳、鹤拳等拳术，二十几岁的时候，已经是北港地区有名的国术家。

他的本名叫陈政行，因为身高正好是六尺四，后来国术界的人就叫他"北港六尺四"，本名反而被遗忘。

六尺四最有名的功夫有三，一是汽车碾身，他可以躺着，让满载五十人的游览车从身上碾过而毫发不伤；二是单手抓人，他可以一只手抓起体重八十八斤的壮汉，向上撑起；三是钢筋抽身，他可以任凭拇指粗的建筑用钢筋抽打，一直打到钢筋弯折而皮肉无伤。以这样的功夫，恐怕在台湾也难得找到像他一样刚强的铁汉。

后来我每次路过北港，总会去看看他，发现六尺四虽然名闻天下，性格是非常朴实的，他勤劳，有责任感，娶两个太太，为了维持两个家庭，终日在外奔波卖药。

他幼年失学，因此几乎没有别的嗜好，唯一的嗜好就是喝酒，他的酒量比古龙还好，他一次可以喝掉三大瓶的金门高粱，像绍兴花雕一次可以喝八瓶到十瓶，至于啤酒，那更不用说了，他把乡下一家小店所有的啤酒都喝光也不会醉。

这位功夫行家，性格非常谦虚温和，他酒品很好，喝了酒后不闹事。

去年十一月，北港六尺四病倒了，病因是脊椎骨腐蚀和高血压，造成这些病的原因，除了自恃身体强健劳累过度，就是过量的饮酒。

现在，北港六尺四，铁打的金刚正躺在病床上，脊椎用支架撑着，血压以药物控制，这位游览车压不倒的人，却被黄汤灌倒了。

那些自以为身体奇棒无比，自以为年轻可以挥霍的人，放纵饮酒之时，请想想北港六尺四吧！他今年才四十八岁，是多么年轻有为，可是由于饮酒，枉费了二十几年时间才练出的武功。

饮酒三十六失

我每次想起这两位为酒所害的朋友，就想到佛经里对酒的看法，佛教把戒饮酒作为弟子的基本戒律之一，确实有极深刻的道理，在许多佛教的经典中都谈到了酒的危害，例如：

　　饮酒有六失：一者，失财。二者，生病。三者，闹事。四者，恶名流布。五者，恚怒暴生。六者，智慧日损。

——《长阿含经》

　　酒为毒气，主成诸恶。王道毁，仁泽灭，臣慢上，忠敬朽。父失礼，母失慈，子凶逆，孝道败。夫失信，妇奢淫。九族诤，财产耗。亡国危身，无不由酒。

——《八师经》

但是对酒患最深刻细密的解说，是佛陀在《分别善恶所起经》中说的。

佛言：

　　人于世间，喜饮酒醉，得三十六失。何等三十六失？

一者，人饮酒醉，使子不敬父母，臣不敬君；君臣父子，无有上下。二者，语言多乱误者。三者，醉便两舌多口。四者，人有伏匿隐私之事，醉便道之。五者，醉便骂天溺社，不避忌讳。六者，醉便卧道中，不能复归，或亡所持什物。七者，醉便不能自正。八者，醉便低仰横行，或堕沟坑。九者，醉便蹇顿，复起破伤面目。十者，所卖买谬误妄触抵。十一者，醉便失事，不忧治生。十二者，所有财物耗减。十三者，醉便不念妻子饥寒。十四者，醉便欢骂不避王法。十五者，醉便解衣脱裤袴，裸形而走。十六者，醉便妄入人家中，牵人妇女，语言干乱，其过无状。十七者，人过其旁，欲与共斗。十八者，蹋地唤呼，惊动四邻。十九者，醉便妄杀虫豸。二十者，醉便挝捶舍中什物，破碎之。二十一者，醉便家室视之如醉因，语言冲口而出。二十二者，朋当恶人。二十三者，疏远贤善。二十四者，醉卧觉时，身体如疾病。二十五者，醉便吐逆，如恶露出，妻子自憎其所状。二十六者，醉便意欲前荡，象狼无所避。二十七者，醉便不敬明经贤者，不敬道士，不敬沙门。二十八者，醉便淫妷，无所畏避。二十九者，醉便如狂人，人见之皆走。三十者，醉便好死人，无所复识知。三十一者，醉或得疱面，或得酒病，正萎黄熟。三十二者，天龙鬼神，皆以酒为恶。三十三者，亲厚知识日远之。三十四者，醉便蹲踞视长吏，或得鞭搒合两目。三十五者，万分之后，当入太山地狱，常销铜入口，焦腹中过下去；如是求生难得，求死难得，千万岁。三十六者，从地狱中来出，生为人常愚痴，无所识之。

我第一次读完这饮酒的三十六失，当下吓得冷汗直冒，从此就再没有喝过一口酒了，原来喝酒而失去健康，甚至亡命，都算是轻微的事。

现在的医学早就证明酒对人身无益，但对它所生的危病并不详知，但是在两千多年前，伟大的佛陀已经明白地说出了这种危害，并且把它当成重要的戒律。

加速的燃烧

作为佛的弟子当然应戒酒，即使不是佛教徒，也应该明白酒的害处，而抑制之。

酒如此，生活的一切无不如此，过度的放逸总是有害的，一个过着正常生活的人，都是一日一日地在燃烧，在老化，在走往衰竭与死亡的道路，何况是放逸的人？放逸的生活是加速燃烧、加速老化、加速了衰竭与死亡的时间。

因此，选择过一个不放逸的生活在现代是多么的重要，因为现代人比古代的人更烦闷、更复杂、更苦痛，一旦不知节制，正如同焦热之油，烈火一点，瞬间便能燃尽。

《四十二章经》中的一段话实在是永恒的真理，值得人人记而诵之：

　　财色之于人，譬如小儿贪刀刃之蜜甜，不足一食之
美，然有截舌之患也。

一九八五年十一月一日

娑婆世界

佛经里时常提到"娑婆世界"，一般人都知道娑婆世界是我们居住的世界，却很少人知道娑婆世界真正的意思。

有时候我写文章用到"娑婆世界"，刊登出来时，常被误标植为"裟婆世界"或"婆娑世界"，我以为是印刷工人的错误，询问之下，才知道是编辑先生误以为"娑婆"写错了。

我就问道："为什么你认为婆娑世界才是对的呢？"

他说："我们这个世界是舞动的世界，也是曼妙的世界，是一个美丽的世界，所以才叫作婆娑世界呀！"

原来，他是把"娑婆"误以为是"舞影婆娑"的地方了，也可见得一般人所认识的娑婆根本是错误的。所以当我们看到文章里写到"我们居住在娑婆世界，山那么高，水这样清澈，是多么的美丽！"的时候，也就习以为常了。

其实，佛教里的"娑婆世界"并不是这个意思，"娑婆"原是梵音，在佛经里有许多种译法，译成"索诃""沙诃""沙诃楼

127

陀"等。从前在译经的时候，曾经对这几个词句有过不少争议，最早被使用的是"娑婆"，但有许多大德以为不妥，又译成"沙诃"，最后才被译成"索诃"。

像《法华玄赞》里说："梵云索诃，此云堪忍，诸菩萨等行利乐时，多诸怨嫉众苦所恼，堪耐劳倦而忍受故，因以为名。娑婆者讹也。"

像《西域记》里说："索诃世界三千大千国土，为一佛化摄也。旧曰娑婆，又曰沙河，皆讹。"

这些都是在声音上争议，没有什么意义，经过时间的洗涤和淘汰，现在最为人常用的正是"娑婆"。

为什么我们这个世界被称为"娑婆世界"呢？

"娑婆"在梵文的原意是"堪忍"，或者"有缺憾"的意思。"娑婆世界"则是"忍土"或"有缺憾的世界"。用白话来说，即说我们所居住的这个世界是有缺憾的世界，但它勉强可以忍受。以至于生活在这世界上的人，固然人人觉得不够完满，仍然忍受了它，甚至于在不得不离开这世界时，还迷恋这世界。

所以，娑婆世界并非一般人所想象的美好曼妙的世界。

山河大地是如来

居住在娑婆世界的除了无量无尽的众生之外，还有无数乘愿再来的菩萨。

因此，我们应由两方面来看娑婆，前面的《法华玄赞》是从菩萨的角度来看娑婆，我把它试译成白话："诸菩萨在弘法利乐众生的时候，会遭到许多的怨恨嫉妒等各种苦恼，但他们不至于退转，还能忍耐疲劳厌倦，因此称名为娑婆。"

另外，《法华文句》里的一段，是由众生的角度来看娑婆："娑婆，此翻忍。其土众生安于十恶，不肯出离，从人名土，故称为忍。悲华经云：'云何名娑婆，是诸众生忍受三毒及诸烦恼，故名忍土，亦名杂会，九道共居故。'"

这一段翻成白话是："娑婆，这里翻译为忍。娑婆世界的众生安于杀生、偷盗、邪淫、妄语、两舌、恶口、绮语、贪欲、嗔恚、邪见十种恶事，不肯出离，因为有这样的人才有这样的世界，所以称之为忍。在《悲华经》里说：'为什么叫娑婆呢？是这里的众生忍受贪、嗔、痴三毒及诸种烦恼，所以名为忍土，亦名为杂会，是九种有情众生所处的地方。'"

非常清楚地解释了众生安于恶事，忍于恶事，也就是安于世界的缺憾，这段经文明白表示了我们娑婆众生的特质，与菩萨是不同的。

但是，我们必须注意，菩萨分成十地，对于初地菩萨，有的说是"欢喜地"，有的说是"堪忍地"。欢喜地者也，是菩萨与众生一样受诸苦恼，但能以欢喜的智慧来转化之；堪忍地者也，是上持佛法，下荷众生，于生死之间俱能自在的意思。

这里面有更深的含意，是菩萨在娑婆里能感知到万物无不是法，自无始劫来生老病死、春去秋来、花开花谢都是在说生灭的法，体会到世界与出世的两种智慧。《华严经》说，佛示现千百亿种声音，为众生演说妙法，意即对法的体悟不一定在道场里面，就在这有缺陷的世界，处处都是妙法妙智慧。

民初的禅宗高僧虚云和尚，由于沸水烫手，茶杯落地一声破碎，他抬起头来看到墙外山河大地一片光明，顿悟了山河大地也像茶杯一样，因此大悟说出一首偈："烫着手，打碎杯，家破人亡语难开，春到花香处处秀，山河大地是如来。"

打碎的杯子，烫伤的手，对菩萨是堪忍，因为他在里面得悟甚深之法，心生欢喜。可是对一般人来说，一生何止打破千百个杯子？何止烫过千百次手？他只是痛苦地忍受，只记得下次要小心，所以菩萨的堪忍与众生的堪忍是大有不同的，菩萨悟到"山河大地是如来"，众生则山河是山河，如来是如来，杯子是打碎的杯子。

山河大地都在说法，烦恼无明也在说法，此菩萨所以能忍受娑婆。

众生是娑婆的缩影

众生又完全不同了。

众生也不是我们一般所认识的凡有生命都是众生之义，在佛教里，众生有三种含意：一、众人共生之义；二、众多之法，假和合而生，故名众生；三、经众多之生死，故名众生。

我们说"众生都有佛性"，佛性就是真如法性，真如法性有"不变"和"随缘"两种意思，其随缘故为众生，其不变是为法身，所以众生都带有菩萨的本质，只因悟迷而至升沉，佛经里说

"一念迷，即是众生；一念觉，即是佛"就是这个道理。

众生所以一再轮转于娑婆，除了业力因果所感，另一层重要的意义是众生不能醒觉于苦，不知道除了娑婆有更好的世界。可是，有一个常被忽略的事实，是每一个众生就是一个娑婆世界，这是"从人名土"真正的意义，众生的个体是地水火风四大的假合，地水火风正是娑婆组成的元素。

所以，一个众生就是一个娑婆世界的缩影，一个娑婆世界则是一个众生的放大。众生是具体而微的娑婆呀！

在这个世界上，我们找不到一个完美的人，每个人都有或多或少的缺憾，虽然如此，我们还是有父母、夫妻、兄弟、姊妹、朋友等等有亲密关系的人，只是我们都在互相的调整、互相的忍受，并且以情爱来相互弥补，以至于我们虽体会到种种的苦，却忍受着不至于厌离。

有时候，我们甚至忍受着自己。这样看来，我们本身不就是一块"忍土"吗？

我们是在忍受什么苦呢？我们必然会遭逢什么苦呢？佛经里把众生的苦大别为八种，就是生、老、病、死、爱别离、怨憎会、烦恼炽盛、所求不得，这是任何人都不能解脱的苦。到最后，佛教甚至发展出"有生就有苦"，以及"快乐是苦"的观念。

"有生就有苦"人人都能体会，可是，快乐为什么也是苦的呢？因为，无常是娑婆世界最重要的特质，在娑婆没有任何事物是永恒存在的实体和实相，它是时刻都在变幻与生灭的，快乐也是变幻生灭的一部分，所有的快乐都会败坏消失，当快乐败坏消失之时，不是比没有快乐还痛苦吗？

到这里，我们已可知道"娑婆世界"的一些特质了，像无常的特质、苦恼的特质、堪忍的特质、有缺憾的特质等等。

光明人就有光明的娑婆

在佛教无限的宇宙观里，并非只有我们一个娑婆世界。从科学观点来说宇宙有无数的星云系统，每一星云系统有许多太阳系，每一太阳系可能有一娑婆世界，居住着欲界的许多生灵。

进一步的说法是，娑婆为众生所感而形成的世界，缺憾的众生必居住于缺憾的土地。

对于我们这是非常遗憾的，既然已降生于娑婆世界，又不甘于堕落，应该如何呢？《维摩经》说："若菩萨欲得净土，当净其心，随其心净，则佛土净。"《大集经》说："我净故施净，施净故愿净，愿净菩提净，道净一切净。"可见得只要其心清净，娑婆虽有憾焉，也自然清净了。

古来的许多大德对于"心净国土净，心净一切净"常生疑问，即使是佛陀的弟子也不例外，在《维摩经》里就记载了这样一个故事：

有一天，宝积菩萨向佛陀请教成就无上菩提的心法。

当佛陀讲到"随其心净，则佛土净"时，舍利弗心中兴起这样的疑问："如果菩萨心清净了，看世界就清净。那么佛陀当年做菩萨的时候，难道他的心不清净吗？我想，不是菩萨心不清净，而是这个娑婆世界不够清净吧！"

佛陀知道他内心的想法，就先问舍利弗："是日月不明亮呢？还是盲人看不见呢？"

舍利弗回答说："当然是盲人看不见，怎么可以说是日月不明亮呢？"

于是佛陀说："一般人因为烦恼根深蒂固，看世界总不觉得它是庄严清净的。其实世界本清净，只是你看不见罢了。"

此时，螺髻梵王也对舍利弗说："你说娑婆世界不清净，实在大错特错。在我眼中的这片世界，就像自在天宫那么庄严美好。"

舍利弗心中的疑问仍不能解，他说："我看这世界，有高原、有山谷、有荆棘、有沙砾、土石山丘，到处充满了污秽，难道是我的眼睛看错了吗？"

螺髻梵王说："修道的人，因为修为不同，看世界才有差别相。舍利弗啊！如果菩萨都能以平等性智观一切众生，依循佛的智慧方便努力修行，则必能见到娑婆世界也是美好异常的。"

佛陀为了加强舍利弗的信念，并印证这是事实，便以足指按地，刹那之间，三千大千世界化作极乐国土，天雨曼陀罗花，七宝池中莲花微妙香洁，微风吹动树林发出美妙的声音，有如百千种音乐同时俱作，在场的每位菩萨，都看到自己坐在莲花座上。

这时，佛陀说："娑婆世界本来就是如此美好，就好像在天上，大家同一餐具吃饭，随每人自身福德不同，饭色就有所不同。如果人的心清净了，就可以见到这世界美妙庄严的一面了。"

佛陀说完话后，把足指收回，娑婆世界又回复了本来面目。

这真是动人的故事，它启示我们：如果我们眼中所见到的世界不够美好，不要先怨怪这个世界吧！应该先看看自己够不够美好。

娑婆世界在哪里？就在这里！

极乐世界在哪里？也在这里！

人心无形，实不可见；世界无形，亦不可见；光明人就有光明的娑婆，黑暗者自有黑暗的娑婆吧！

现代菩萨

一九八五年十月二十六日中午十二点四十分，台南县仁爱小学的老师陈益兴带着五十多名学生，在曾文水库后山遇到虎头蜂群的袭击。

虎头蜂群像下雨一样冲向那一群天真的孩子，走在前面的陈益兴老师大声叫他的学生趴下，一边叫他们齐念"阿弥陀佛"，一边把自己的衣服脱下，拿给学生遮盖，他自己光着上身迎向前去，用双手驱赶他身边黑压压的蜂群，并且企图转移虎头蜂的注意，以挽救学生们的生命。

"陈老师光着的身上有几千只虎头蜂，黑黑的，我都不敢看了，可是陈老师没有叫痛，一直鼓励大家勇敢，不要怕。"他的学生胡月香后来回忆说。胡月香因为得到陈老师脱给她的运动夹克盖住头脸而挽救了她的生命。

陈益兴老师是佛教徒，平时就热心助人，处世达观，任劳任怨，今年刚刚获选为"优秀青年"的荣誉，本来要在十月三十一日代表台南镇到台北接受表扬，结果在表扬的前四天为抢救学生而牺牲了，享年才四十岁，留下五个孩子。

一道清泉涌出

讲到陈益兴老师为了抢救学生而牺牲的新闻报道之时，我因感动而落泪了。在这报纸的第五版上，平常都是抢劫、杀人、强暴、奸淫、血案、斗殴、贪污、走私、贩毒、伪造、枪械等等污秽不堪的新闻，看到了陈老师自我牺牲的伟大事迹，正如同一道清泉从污浊的河流中涌出，洗涤了我们逐渐被污染的心灵。

陈益兴老师是虔诚的佛教徒，而他所表现的正是一位大菩萨的行为，我们要找人间的菩萨，不必到虚空中去找，不必寻求感应，只要看陈老师无畏地迎向虎头蜂，就知道菩萨是什么了！

这使我想起《华严经》中佛陀对舍利弗所说的一段话："应以三事验菩萨心。何谓为三？一者能舍一切所有，而不望报，当知是为真菩萨心。二者求法无所贪惜，宁失身命，而不舍法，是则名为真菩萨心。三者不逆甚深之法，以信解力，于佛菩提，不生疑惑，是亦名为真菩萨心。以是三心，验诸菩萨。"

又想到《维摩经》里的一段："菩萨为众生，故入生死；有生死，则有病。若众生得离病者，则菩萨无复病。譬如长者唯有一子，其子得病，父母亦病；若子病愈，父母亦愈。菩萨疾者，以大悲起。"

我们从佛经中的记载，可以坚信陈益兴老师是真正的大菩萨，他的行为正是《本事经》中所说的："以不坚之身，贸易坚身；以不坚之命，贸易坚命。"翻译成白话是："用不坚固的身体来换取一坚固的身体；用不永久的生命来换取永远不朽的生命。"

所以当我们为陈老师的死而感伤时，我们不必太过忧伤，因为他必然到了一个比娑婆世界更好的地方；当我们为他的行为赞叹的时候，要产生一些反省和深思：如果我在当时当刻，处在那样的情境，是不是有他那样立即地、无畏地、义无反顾地大慈大悲大愿大勇，我是不是像他也能当个大菩萨？

如果我们不能肯定地说："我也能做到！"那么，就枉费做一个佛的弟子了。

菩萨以烦恼为菩提

菩萨，是梵文译音的简译，全译是"菩提萨埵"，"菩提"是"觉悟"，"萨埵"是"有情"，翻译成白话是"觉悟的有情众生"。当一个凡人觉悟到了众生的痛苦，同情众生的痛苦，进而发心要解救众生的痛苦，这就是"菩萨"。

菩萨是上求大觉，下化众生，所以菩萨也是介于佛与众生之间的必经过程，有情的众生一开始觉悟称作为"初发心菩萨"，到即将成佛时为"妙觉菩萨"，中间的果位共有五十一阶之多，众生如果没有经过发心发愿的菩萨过程，是断断不可能成佛道。

在梵文里，"萨埵"有"勇猛"的含义，"菩提萨埵"则有"勇猛求菩提"的意思。

因为勇猛，所以经典上记载菩萨为了教化众生有四无畏，即是：一、总持不忘，说法无畏。二、尽知法乐，知道众生根欲性心，说法无畏。三、善能问答，说法无畏。四、能断物疑，说法无畏。

到最后，所谓的菩萨精神正是一种"大无畏"的精神，这种精神是从最深的慈悲生发出来的，有了大无畏，菩萨才能忘我，这也是大乘佛法的真精神：一是无我，二是慈悲，就是"行慈悲而不执有我，知无我而不断慈悲"。

为救拔众生而到无我的境界，感觉起来仿佛是困难的，却也不是那么困难。之所以困难是由于有分别心，把我和众生分开，成为对立的；假如能打破分别心，才能打破以我为中心的假慈悲，建立一即一切、一切即一的无我的基础；我是众生的一分，众生是全体的大我，我救度众生正是自度，我利人正是利我，这才是慈悲的真义。

《妙法莲华经》中有一位"长啼菩萨"，为什么长啼呢？因为看到众生的苦，常感到悲悯，日夜啼哭，所以叫"长啼菩萨"，这是令人动容的，真正的菩萨对自己的横逆困厄可以不以为意，但见到别人的苦难反而感同身受，超过了自己的受苦。

在佛经里，时常记载了乘愿再来的菩萨，他们虽然证得果位，但眼见众生受苦，为了救拔众生，宁愿再回来，甚至去更苦难的地方，接受更艰危的考验，他们不以自己为苦，但以众生之苦如己之苦，这正是"众生以菩提为烦恼，菩萨以烦恼为菩提"，他们在最苦的地方，撑筏而渡，让众生也能像他们一样，一起渡过烦恼的大河。

内观自在外观世音

《华严经普贤行愿品》中，对于发菩提心，从众生觉醒到成佛的过程，说得十分明白：

"菩萨若能随顺众生，则为随顺供养诸佛；若于众生尊重承事，则为尊重承事如来。若令众生生欢喜者，则令一切如来欢喜。何以故？诸佛如来，以大悲心而为体故。因于众生，而起大悲，因于大悲，生菩提心，因菩提心，成等正觉，譬如旷野沙碛之中有大树王，若根得水，枝叶华果，悉皆繁茂，生死旷野菩提树王，亦复如是。一切众生而为树根，诸佛菩萨而为华果，以大悲水饶益众生，则能成就诸佛菩萨智慧华果。何以故？若诸菩萨以大悲水饶益众生，则能成就阿耨多罗三藐三菩提故。是故菩提属于众生，若无众生，一切菩萨，终不能成无上正觉。善男子，汝于此义，应如是解，以于众生心平等故，则能成就圆满大悲。以大悲心随顺众生故，则能成就供养如来。菩萨如是随顺众生，虚空界尽，众生界尽，众生业尽，众生烦恼尽，我此随顺无有穷尽。念念相续，无有间断，身语意业，无有疲厌。"

菩萨的智慧、菩萨的勇敢、菩萨的无畏，都是由于大慈悲心。众生是菩萨的根，佛是菩萨的果，菩萨正像开在无边众生界的有情花朵，那么美丽、那么芬芳，使得学佛的道路益发的活泼和生动。人间如果没有菩萨，就像大地没有花朵，一切都寂寞了。

想当年，佛陀在灵鹫山的法华会上说法，在法会上就有八万多位大菩萨，比起当年，现在的世界更繁复、更烦恼、更苦难，在这个地方必然有更多的菩萨乘愿而来，所以在遇到困境的时候我们不必畏惧，说不定我们自己就是乘愿再来的菩萨！

菩萨与众生最大的不同，是菩萨的自在，因于这种自在，他不会为世缘所缠缚，在痛苦时不以为苦，在快乐时不至放逸，而不论快乐与痛苦都可以从中体会到智慧，并以智慧回来救拔众生的苦恼。众生不同，众生在痛苦中因烦恼而沉沦，在快乐中因放逸而陷溺了。

以我们最熟悉的观世音菩萨为例，观世音菩萨又名"观自在菩萨"，有十六个字最能表现观世音的精神：

内观自在，十方圆明；
外观世音，寻声救苦。

这是菩萨精神内外圆满俱足的境界，内观的时候自由自在，遍十方界了了分明，更进一步，是要观察世间求告的声音，寻着声音的源头去解救众生的苦难。

因为这种十方圆明、寻声救苦的大愿，使观世音菩萨有无限化身，并成为娑婆世界中知名度最高的菩萨。为什么观世音菩萨会成为大家在苦难中的依归呢？佛门课颂本中有一首《观音赞》，其中的四句话最能够回答这个问题：

三十二应偏尘刹，
百千万劫化阎浮。

千处祈求千处现，

苦海常作渡人舟。

能遍满尘刹，千处应现的观音菩萨，自然成为最伟大的菩萨。

菩萨是一种浪漫精神

我们不能像观世音菩萨那样自在，不能像他观察那么多的声音，到任何一处去应现，但至少我们应该学习这种积极的精神，常保心灵的自在，并且在别人蒙难的时候不至于转头离去。

我常觉得菩萨精神是一种浪漫的精神，菩萨的志向是古典庄严的志向，尤其生在现代，浪漫精神与古典庄严的志向已经逐渐失去了，如何锻炼自己的菩提心，学习做一位菩萨，是非常重要的。

做一位现代菩萨要做些什么呢？

我想，能像陈益兴老师是最好的典范了。

平时，在面对道德的沉沦、人性的堕落时能挺身而出，为众生请命；在面对人类心灵普遍被色情、暴力污染时，能尽未来际，加以挽救；在面对因无知、贪欲、冷漠、颓废而产生的社会、环境、生命的污染时，能义无反顾，勇敢地拯救；在沉迷时带来觉悟，在愚痴时带来智慧，在苦难时带来欢笑，在烦恼时带来平安，乃至于在饥饿时带来食物……这些都是现代菩萨所面临的基本课题。

我们自命为佛弟子的人，如果都能取法于菩萨，只要为了众生，自己可以牺牲，只要对众生有益，自己都可以去实践，那么，即使处在黑暗残缺的婆娑世界，众生还是有希望的。

一九八五年十二月一日

心灵的织锦

父亲过世的时候，我请佛光山的法师来办佛事，按佛教规矩，在入殓后要做"七七"，就是在四十九天内每隔七天做一次法会，第一次叫"头七"，第二次叫"二七"，余此类推，到最后一次叫"七七"，做完以后就是功德圆满了。

"做七"是台湾民间极普遍的风俗，它最初的发源是佛教，后来才被道教及民间信仰所采用。为什么要做七呢？在《地藏菩萨本愿经》中说得非常清楚：

"若能更为身死之后，七七日内，广造众善，能使是诸众生永离恶趣，得生入天，受胜妙乐。现在眷属，利益无量。

"无常大鬼，不期而到；冥冥游神，未知罪福。七七日内，如痴如聋，或在诸司，辩论业果。审定之后，据业受生。未测之间，千万愁苦，何况堕于诸恶趣等。是命终人，未得受生，在七七日内，念念间望诸骨肉眷属与造福力救拔，过是日后，随业受报。"

意思是说，人死之后，在四十九天里面尚未受生，随着他生前所造的因在幽冥诸司析辨善恶诸业，由于还没有审定，因此依靠眷属造福的救拔，可以使他投生到更好的地方，或消灭他的罪业，一旦过了四十九天则随业投生，那时所有的救拔都没有着力的地方了。

当然，这四十九天的救拔也有例外，对于大善或大恶的人，他的往生净土或堕入无间地狱都是一发即到，不需要辩论的。对于这样的人，七七日法会仍有意义，给善者多带福慧的资粮，给恶者少受恶报的苦痛。

根据《地藏经》的记载，我国民间糅合了各地习俗，发展出一套丧礼的仪节，这种仪节已经完全背离了佛教，自成一个体系，以致使一般人误解佛教的仪式，实在是令人感到遗憾的。

例如，现在民间做七，每请乡间的道士，这些道士很少是真正修道的人，他既非受过正统的道教训练，在人品人格也不能令人敬仰，可是由于死者家属每每感到彷徨，仓促间只好请他们来做法。

做法也罢，一般道士（民间叫司公）相信人死之后先到阴间，四十九天后再到阳间来，所以他们做法的法场就依照想象中的地狱搭成，道士先把死者的亡魂牵到地狱去，绕了阴森森的一圈，最后才用符箓一再催动，再把亡魂从地狱救出来。

一般道士总是会对死者的亲属说："我现在已经把你的亲人从阴间救出来。"中国民间大抵上只有阴阳两个世界观，无从知道多重复杂的宇宙空间，也只好听信道士的话了——我并没有批评道士的意思，目前台湾也有许多有修行的道士，而且民间的符箓也确有它的力量和存在的价值。

阴阳两界也就罢了，民间做七的"牲礼"是最可怕的。每次做七的时候，一定要拜三牲，三牲通常是一个猪头，一只鸡，一条鱼。鸡鱼还是寻常之物，猪头便不寻常，做完七七等于有了七个猪头，按民间习俗，这些猪头不能自己食用，而要送给亲友，这年头有谁敢吃猪头呢？尤其是祭拜过后卫生堪虑的冷猪头，最后总是任其腐败而丢弃了。

这些也有违佛法，一来更造杀业，转增罪缘；二来使命终人殃累对辩，晚生善处；三来使亡魂困于恶因，不得解脱。即使不谈佛法，光是从慈悲、卫生、现代化的观点来看，也是不合格的。

基于我对民间风俗办理"七巡"的看法，我希望找到一条更合理的佛教方面的观点，在佛光山法务部与法师商议时，特别提到这些。

忏悔最有力量

我问法师："到底从我们佛教来看，什么是对亡者最有利益和功德的呢？"

法师说："当然是诵经和拜忏了，诵经是给亡者的神识找到一条可依循的道路。拜忏则是依靠忏悔的力量来减消亡者的业障，更是最有力量的方式。"

"可是，"我仍然有一些疑惑，"拜忏是生者的忏悔，亡者怎么能得利呢？"

法师翻开《地藏经》的《利益存亡品》给我看，上面写着："命终之后，眷属小大，为造福利一切圣事，七分之中而乃获一，六分功德，生者自利。"意思是如果生者为亡者拜经忏，七分里面有六分为生者自得，只有一分能回向给亡者。

法师说："一般人认为忏悔是消极的事，其实在我们佛教里，忏悔是积极的。例如你有一块棉布破了，你知道那破的地方，这是反省；如果有了小的忏悔，就如同在棉布上补了新棉布，完好如初；如果是大忏悔、大发愿，就像在棉布上织了锦绣，比原来的新棉布更殊胜。"

因此，我才知道忏悔是有大力量的，便为父亲的佛事排了"般若金刚宝忏"及"八十八佛洪名宝忏"两次拜忏，并做了两次"三时系念"，每一时忏悔发愿一次。当我在"三时系念"听到第一时的忏悔文时，忍不住泪下如雨，这一段忏悔文是：

"但念自从无始迄至今生，一念为真，六根逐妄，随情造业，纵我为非。身业则杀盗邪淫；口过则妄言、绮语、两舌、恶口；意恶则常起贪嗔、深生痴爱。由兹三业，钩锁妄缘，常汩汩于尘劳，但茫茫于岁月。欲思出离，唯凭忏悔熏修之力。俾眼耳鼻舌身意之过衍，应念顿消；使色声香味触法之浮尘，即时清净。"

这不是我们每个人最好的写照吗？尘劳汩汩、岁月茫茫，哪里才是清净的道路呢？

当时我已深信忏悔有大力，但对忏悔还没有真实的体验，后来在新竹五峰禅寺由会宗师父授在家五戒，想到自己从无始劫来，因为无明所造下的恶业，真是悲不能抑，正如《地藏经》中所说："南阎浮提众生，举止动念，无不是业，无不是罪，何况恣情杀害、窃盗、邪淫、妄语，百千罪状。"

处在无始无边的罪业之中，唯一救拔的力量就是忏悔了，先别说来世的利益，就是在当时当刻，我们有一念忏悔之心，顿时身心轻安，因而在许多宗教里，忏悔都是很重要的法门，如果一个宗教竟而不教人忏悔，这样的宗教也就十分可怖了。

我们是不完满的人

佛教里关于忏悔的方法和经典非常的多，并且把忏悔分成三品，在《往生神赞》里说："忏悔有三品，上中下，上品忏悔者，身毛孔中血流，眼中血出者，名上品忏悔。中品忏悔者，遍身热汗从毛孔出，眼中血流者，名中品忏悔。下品忏悔者，遍身彻热，眼中泪出者，名下品忏悔。"

我想，不管是上品、中品，或下品，能有这样真心的忏悔，都像是在心灵上织锦了。

《止观》上说："忏名陈露先恶，悔名改往修来。"带有积极精神，但是在改变过去的恶，也是在修未来的善。所以，在许多佛经里都提到忏悔的功德。从佛教观点，这个世界没有任何一个人是完满的，故此强调忏悔，认为真心的忏悔与从未犯过过错的清净是一样的。

《地藏十轮经》说："于我法中，有二种人，各无所犯：一者，本性专精，本来不犯。二者，犯已惭愧，发露忏悔。此二种人，于我法中，名为勇健得清净者。"

《采花违王上佛授决号妙花经》说："能自改者，与无过同。"

《心地观经》说："若覆罪者，罪即增长。发露忏悔，罪即消除。"

《法句经》说："过失犯非恶，能追悔为善。是明照世间，如日无云曀"，"人前为恶，后止不犯。是炤世间，如月云消。"

《大般涅槃经》说："虽先作恶，后能发露，悔已惭愧，更不敢作。犹如浊水，置之明珠，以珠威力，水即为清。如烟云除，月则清明。作恶能悔，亦复如是。"

在《出曜经》里有一段经文更有意思："不羞反羞，羞反不羞。不畏现畏，畏现不畏。"翻成白话文是："不知道羞耻是最为羞耻的，知道羞耻的反而不是羞耻；不畏惧悔罪是最可怕的事，知道罪的可怕反而无畏了。"

人为什么会知道忏悔呢？因为知道羞耻、知道无明、知道惭愧，知道了这是不完满的世界，而我们是不完满的人。佛教里认为人间最重要的是"惭愧心"，如果不能惭愧，就不成其为人，而是畜生了。

《大般涅槃经》说："无惭愧者，不名为人，名为畜生。有惭愧故，则能恭敬父母师长；有惭愧故，说有父母兄弟姊妹。"

《本事经》说："略有二种白净善法，能护世间。云何为二？谓惭。谓愧。若无此二白净善法，世间有情，皆成秽杂，猛如牛羊鸡猪狗等，不识父母兄弟姊妹，不识轨范亲教导师似导师等。由有此二白净善法，世间有情，离诸秽杂，非如牛羊鸡猪狗等。了知父母兄弟姊妹，了知轨范亲教导师似导师等。是故汝等，应如是学：我当云何成就？如是二种最胜第一惭愧白净善法。"

惭愧与忏悔是人生中极重要的品质，当一个人不知道惭愧，他就失去了同情与悲悯；当一个人不知道忏悔，他就失去了智慧与宽容。因此古来的大法师，他们在署名的时候常写着"惭愧僧""苦恼僧""忏悔僧"等等，这不仅是自谦之词，而是警策之句。

我们所处的社会一天天失去了单纯与谦和的品质，一日日以机械化、电脑化、科技化自豪，使人的品质日益像机械或电脑，想是与现代人不知惭愧忏悔有莫大关系，机械是永远不会惭愧的，电脑是永远不会忏悔的！

大蟒蛇与人面疮

佛教有许许多多的忏法，比较著名的有"慈悲忏法""水忏法""阿弥陀忏法""观音忏法""法华忏法""方等忏法""金光明忏法"等等，我们一时也不必知道这么多的忏法，然而其中的"慈悲忏法"和"水忏法"有两个故事非常有趣。

"慈悲忏法"做的忏是"梁皇宝忏"，有"忏王"之称。传说这个忏是梁武帝为皇后郗氏所集。郗氏驾崩数月，武帝经常追悼她，日夜不乐，有一天他听到外面有怪异的声音，探头一看，见到一条巨蟒在大殿盘桓，赤眼张口看着武帝，武帝大惊，问蛇说："朕的宫殿十分森严，不是你们蛇类生长的地方，你可是妖孽，要来害朕吗？"

没想到这条蛇竟开口说话："我乃是你以前的郗氏呀！我生前嫉妒六宫，生性惨毒，常因发怒而损物害人，因此死后投生为蟒蛇。既没有食物可吃，又没有穴洞可住，常受饥窘迫近，在每一片鳞甲里有许多虫啮咬肌肉，好像刀锥，非常痛苦。我因感到皇上平日待我恩重，因此才敢以这样丑的形状来见皇上，向皇上祈求做一些功德来救拔我呀！"

梁武帝听了，痛心感慨，想要进一步问蟒蛇，蟒蛇已经不见了。第二天，武帝集合许多出家人在殿上，向他们说了这件事，并问："如果要赎罪，哪一样最好？"

志公就对曰："必须虔诚礼佛，忏悔洗涤罪业！"

武帝觉得非常有道理，于是大量搜集佛经，录佛名号，亲自写下忏悔文十卷，为死去的郗后忏悔。有一天，他闻到宫室内飘来浓浓的异香，武帝抬头一看，见到一位天人容貌端庄秀丽，对武帝说："我是蟒蛇的后身，承蒙皇上的功德，得以生在忉利天，为了印证此功德，所以化身相见。"

随后殷勤拜谢，接着就不见了。

梁武帝所写的忏悔文就称之为《梁皇宝忏》，这是一部大忏，一般较小的道场还做不起来，在为亡灵忏悔时有不可思议的功德。《梁皇宝忏》的文字非常优美流丽，可以作为文学作品阅读。

《水忏法》是《慈悲三昧水忏》的简称，是唐朝的悟达国师所写，也有一个动人的故事。

话说唐懿宗的时候，有一位悟达法师名叫知玄，他在年轻未显达的时候，和一位僧人在京师邂逅，这个僧人患了皮肤的恶疾，大家都嫌恶他，只有知玄时时去看顾他，一点也没有因病而厌弃。后来要分开的时候，那位僧人感其风义，对他说："你以后如果有什么困难，可以到西蜀彭州九陇山找我，我居住的地方有两棵松树为志。"

后来悟达被封为国师，住在安国寺，道德昭彰，连皇帝懿宗都来听法，赐给他用沉香木雕成的法座，对他恩宠有加。

就在悟达国师声誉最隆的时候，他的膝盖突然长出人面疮，眉毛、眼睛、口齿具备，如果用食物喂他，人面疮就开口吞咽，和人没有两样，悟达国师找遍了名医，都束手无策。

他突然想起以前那位患恶疾的僧人，临别时对他说的话，于是到九陇山去找他。那时候天色已晚，他彷徨四顾，看到两棵松树站在烟云之间，才相信了僧人果然信守约定。

国师走到两松之间，才看到高楼广殿，金碧辉煌，僧人站在门口迎接，两人见面十分高兴，僧人留他住宿，国师告诉他自己正为人面疮所苦。僧人对他说："这没有什么大碍，我这山崖下有一泉水，明天早上你去洗一洗就会好了。"

第二天清晨，童子带他到泉水边去洗人面疮，国师正要掬水洗涤的时候，那个人面疮突然大叫："不可以洗！你识达深远，考究古今，有没有读过西汉时代袁盎和晁错的传记？"

"曾经读过。"悟达国师说。

"既然读过，应该知道晁错是被袁盎杀死的，你就是当时的袁盎，我就是晁错！晁错被腰斩于东市，是多么的冤枉呀！我累世以来，一直想向你报这个仇，可是你十世都是高僧，戒律精严，一直没有下手的机会，现在你受皇帝恩宠，生活过于奢华，生起名利之心，于德有损，我才有机会来向你报仇。今天承蒙迦诺迦尊者洗我以三昧法水，从现在起，我不再和你为冤了！"

悟达听了，神色凛然，魂不附体，连忙掬水洗人面疮，痛入骨髓，昏倒而不省人事。等他醒来的时候，人面疮已经不见了。这时他才知道圣贤混迹凡间，实在不是一般人能了解，他想回头去礼拜迦诺尊者，到松树的地方只见一片烟云，其余的都不见了。

悟达国师感悟到这件事情的奇异，想到累世的冤仇，如果不是遇到圣人，如何才能解脱呢？于是写了三卷忏悔文，因为是用三昧水洗去冤业为义，所以命名为"水忏"。

这两个故事都非常生动有趣，它给我们带来的启示是：修行得再好的人也必须有忏悔之心，只有忏悔才是消除罪业最殊胜的方法。因果冤仇可以历十世而不消，如果没有忏罪之心，如何能缝补我们所造的业呢？

忏悔是光明的表现

像《梁皇宝忏》《慈悲三昧水忏》都是大忏，一般人不一定能做，但佛教的忏悔也有简单的方法，通常把忏悔分成三种：

一、作法忏：除了做大的忏法，个人单独向佛前披露自己的罪过，发愿日后身口所作依于法度，也算是作法忏，它的功德可以灭除犯戒之罪。

二、取相忏：时时定心而有忏悔的想法，请佛慈悲哀纳就是取相忏，它的功德可以灭除烦恼，使自性清净。

三、无生忏：正心端坐，观想涅槃的真理，本来不生不灭，故罪不染着，以此灭恶生善，是为无生忏，它的功德可以消灭障蔽中道的无明。

看来，忏悔可以很复杂，也可以很简单；忏悔的本身是很困难的，但只要心念一动也很容易着手。像我们常念的忏悔文："往昔所造诸恶业，皆由无始贪嗔痴；从身语意之所生，一切我今皆忏悔。"光是这首偈，佛经里说能诚心念一次，就能"罪灭河沙"了，可见忏悔不是能不能的问题，而是为不为的问题。

在这纷扰的世界本来就有千百种人，有的人心灵残破而不自知，有的人残破了而拼命掩盖，有的人反省企图缝补，有的人躲在一角默默地修补……但是，第一等人应该是在心灵上织锦，用更好的、更美的、更坚韧的锦绣来缝补自己破漏的地方。

在心灵上织锦不是永不犯错，而是每一个错都用忏悔的心情去修补。我常在为自己过去的无明忏悔之时，感受到身心一片光明，如夜明摩尼珠点照，这样从黑暗中向光明大步走去，我想，总有一天可以让我们走到永恒光明之处，忏悔正是一种光明的表现，也是光明的证言。

恒顺众生

不久前，俞大维过九十岁生日，谈起了他九十年来的人生哲学。

俞大维先生不忮不求、淡泊名利是大家都知道的，但一般人还不知道他的谦虚。他五岁半时即有神童之喻，十九岁到美国哈佛大学读书，以三年时间读完哲学的硕士学位。后来到德国柏林大学研究弹道，成为弹道学权威及军事战略专家，因为他在读书时代的杰出表现，被傅斯年先生喻为"中国留学生中最有希望的读书种子"，但一直到九十岁，每有人问起读书的事情，他总是谦虚地说自己肚子里空空，没有什么墨水。

四年前，我有一次和小说家白先勇一起去拜访俞大维先生，才发现这位自谦没有读过什么书的长者，满室的书香，他的藏书之富，涉猎之广，实非一般学者所能及。记得他对我说他退休以后，大部分的时间以读书自娱，然后他勉励我，年轻人读书要用心细心，但他说读书较高的境界是无所为的态度，是一种生命经验的欣赏。

他说他晚年常读的书是《红楼梦》，大概是心情和心境比较贴切的关系，他认为只有深刻了解人生的人才能品味《红楼梦》。他还提出许多自己对《红楼梦》的心得与我讨论，颇使我感动。因为像俞大维先生历任要职，还能感情澎湃地道出他对文学、艺术、戏剧的热爱，足见他是个保有传统典型的知识分子，难怪毛子水教授说他是："经文纬武奇男子，特立独行大丈夫。"

去见俞大维先生的一个下午，非常的愉快，像他这样位居高位的人，还能那样谦和诚恳地和一个陌生鲁钝的"小孩子"谈一个下午，也可见俞先生的胸怀与风范了。

彻底的慈悲与奉献

这回，俞先生过九十岁生日，他曾对记者谈到几个足以令人深思的观点。他对现代社会的色情泛滥相当痛心，甚至忧虑中国的家庭制度难以维系，他认为中国虽多次亡于夷狄，民族却不灭亡的真正原因，是因为有坚强的家庭制度。因此，俞先生不能容忍不负责任的薄幸男子，他说：如果让我来编"棒打薄情郎"，我一定安排上八个丫鬟一起打。

他认为一个人要活得长寿和快乐的秘诀是"清心寡欲，与世无争"。他希望中国的青年都应该知道"生于忧患，死于安乐"的道理。

最有意思的是，俞先生一生不入党派，也没有信教，但他去年却跑到鹿港、北港去拜拜，他不仅在妈祖庙里烧香，还在观音座前磕头，他说了一句极有智慧的话："只要老百姓信的我都信。"

他认为信仰是没有道理可说的，就像感情一样，不过他一生中有一个属于自己的信仰，就是"生命不是获取，而是给予"，因此俞先生是从不记恨，从不抱怨的人。

俞先生对于信仰的态度，并且说："老百姓信的我都信"，使我不禁想起了佛教里普贤菩萨十大愿里的第九愿"恒顺众生"。记得我第一次读《华严经普贤行愿品》，读到"恒顺众生"，心中猛然一震，受到极深极大的感动。这四个字真是美极了，它是一种彻底的慈悲，彻底的奉献，也正如俞大维先生的信仰一样，"生命不是获取，而是给予"，给予实际上就是"恒顺众生"里的一部分。

在《华严经普贤行愿品》里对"恒顺众生"有更进一步的解说：

> 言恒顺众生者，谓尽法界虚空界，十分刹海所有众生，种种差别。所谓卵生、胎生、湿生、化生，或有依于地水火风而生住者，或有依空及诸卉木而生住者，种种生类、种种色身、种种形状、种种相貌、种种寿量、种种族类、种种名号、种种心性、种种知见、种种欲乐、种种意行、种种威仪、种种衣服、种种饮食，处于种种村营、聚落、城邑、宫殿，乃至一切天龙八部、人、非人等。无足、二足、四足、多足；有色、无色；有想、无想；非有想、非无想；如是等类，我皆于彼随顺而转，种种承事、种种供养，如敬父母、如奉师长，及阿罗汉，乃至如来，等无有异，于诸病苦，为作良

医；于失道者，示其正路；于暗夜中，为作光明；于贫穷者，令得伏藏。

菩萨如是平等饶益一切众生，何以故？菩萨若能随顺众生，则为随愿供养诸佛；若于众生尊重承事，则为尊重承事如来。若令众生生欢喜者，则令一切如来欢喜。何以故？诸佛如来，以大悲心而为体故，因于众生而起大悲，因于大悲生菩提心，因菩提心成等正觉。

譬如旷野沙碛之中，有大树王，若根得水，枝叶华果，悉皆繁茂，生死旷野，菩提树王，亦复如是。一切众生而为树根，诸佛菩萨而为华果，以大悲水饶益众生，则能成就诸佛菩萨智慧华果。何以故？若诸菩萨以大悲水饶益众生，则能成就阿耨多罗三藐三菩提。是故菩提，属于众生；若无众生，一切菩萨终不能成无上正觉。

善男子！汝于此义，应如是解：以于众生心平等故，则能成就圆满大悲；以大悲心随众生故，则能成就供养如来。菩萨如是随顺众生，虚空界尽，众生界尽，众生业尽，众生烦恼尽，我此随愿无有穷尽，念念相续，无有间断，身语意业，无有疲厌。

与众生不可分

我之所以花了这么多的篇幅来抄录《华严经》关于"恒顺众

生"的开示，是有道理的。因为这一段简短的经文，事实上明确地描述了佛教某些最基本的立意。

譬如关于众生，佛教的众生不仅限于人，而是普及于一切，在此经文中讲得十分明白。譬如随顺，是要做到对一切众生的承事供养一如供养如来一样，这必须发大悲心，给病者作良医，给迷路的人指正途，给黑暗的人作光明，乃至于给贫者得安。

最重要的一个观点是，"菩萨"与"众生"是不可分的，如果没有众生，一切菩萨都不能成就，而菩萨成就的方法是永不穷尽、永不间断、永不疲厌地"随顺众生"。

可见随顺众生是多么重要。

刚刚我提到普贤菩萨的十大行愿是：一者"礼敬诸佛"，二者"称赞如来"，三者"广修供养"，四者"忏悔业障"，五者"随喜功德"，六者"请转法轮"，七者"请佛住世"，八者"常随佛学"，九者"恒顺众生"，十者"普皆回向"。

此十愿的基本精神则是站在"恒顺众生"这一愿上，当人们误认为佛教是一种出世的宗教，"恒顺众生"表达了它的入世精神，这种入世精神不只是菩萨需要，佛教徒需要，我想，对于一般有理想的人都是必要的，如果一个要救世、要奉献的人竟而只看到空大的目标，而忘失了他的众生，那么他是永远不可能成就的。

最近看到《人间杂志》第三期报道"仁爱传教会"在台湾工作的修女和修士的工作与生活，我忍不住为那些伟大的修女和修士感动得落泪，他们那样完全、无我、真挚地对陷落于困境者的关爱，令我非常敬佩。我是佛教徒，但看到伟大的修士与修女，他们在我眼中就是大菩萨，如果这样不叫菩萨，什么样才是菩萨呢？

报道中说，我们能有如此伟大的愿力与义行，乃是他们在一切不幸者、弱小者、被侮辱者、受鞭笞者、贫穷者和饥渴者中看见他们至爱的基督，他们在任何卑贱、污秽、艰难、委屈的工作中时，也能由衷地说："至爱的主哟，能服侍你，真是喜乐！"

这种把基督看成是隐在最卑微者的人众之中，不正是一种"恒顺众生"吗？不正是"种种承事，种种供养，如敬父母，好奉师长，及阿罗汉，乃至如来，等无有异"吗？

报道的结论问题："如果没有宗教信仰的力量，人就不能那样完全、无我、真挚地去关爱世之破落者吗？"

我认为这个问题的答案是几近于肯定的。

譬如一灯，燃百千灯

最近读《华严经·净行品》，读到文殊菩萨所说的一百四十一愿，他是在日常生活中，每做一事就发一愿，例如在聚会时发愿：

"妓乐聚会，当愿众生，以法自娱，了妓非实。"

例如着璎珞时发愿：

"着璎珞时，当愿众生，舍诸伪饰，到真实处。"

例如：

"若入堂宇，当愿众生，升无上堂，安住不动。"

"整衣束带，当愿众生，检束善根，不令散失。"

"洗涤形秽，当愿众生，清净调柔，毕竟无垢。"

"见斜曲路，当愿众生，舍不正道，永除恶见。"

"见棘刺树，当愿众生，疾得翦除，三毒之刺。"

"若见大河，当愿众生，得预法流，入佛智海。"

"见苦恼人，当愿众生，获根本智，灭除众苦。"

"若见城郭，当愿众生，得坚固身，心无所屈。"

"若得美食，当愿众生，满足其愿，心无羡欲。"

"若饭食时，当愿众生，禅悦为食，法喜充满。"

"以时寝息，当愿众生，身得安隐，心无动乱。"

……

文殊菩萨的一百四十一愿很长，我这里只随手摘取一些较易懂的经文，有兴趣的人可以去找一套《华严经》来读。

文殊菩萨是智慧菩萨，"净行品"的一百四十一愿有两个值得思考的问题。一个是他的每一个愿都是"当愿众生"，而不是"但愿我能"，是把自我也看成是众生的一分子，并不因为自己出了家或修了梵行就以为和众生不同，也就是不只自己好，而要众生好，即使自己有坏的时候，也愿众生不要像我遭受同样的坏，是"好要众生同受，坏要自己承担"的积极精神。

另一个值得思考的是，不只在寺院之上、殿堂之中，禅定之时、礼拜之际才想到众生，而是不论何时何地何情何景都能想到众生，为众生发愿，回向给众生，也就是"二六时中，无丝毫成忘"。只有一个人把自己看成是众生的一分子，而且行位坐卧不舍众生，才算是"恒顺众生"吧！

有人说："我现在发心为众生，我一切都给了众生，我还有什么？"

有人说："我永远顺着众生，我不就迷失了吗？"

《华严经普贤行愿品》的一段可以回答这个问题："譬如一灯，燃百千灯，其本一灯，无灭无尽。菩萨摩诃萨菩提心灯，亦后如是，普燃三世诸佛智灯，而其心灯无灭无尽。"

好像一盏灯一样，把自己的灯燃点别人的灯，自己的光明并不会减少，而当自己是一盏灯的时候，走到黑暗的地方，灯不会随着黑暗而黑暗，反而会照亮黑暗的房子，放出光明。

这样想来，"恒顺众生"不仅是动人的，也是一种浪漫的入世精神！

一九八六年二月十五日

幽冥钟

这山上的寺院已经完全入夜了，山下入夜后星星点点的灯火，因为雨后显得格外的凉爽清亮，四周因夏天特有的蝉鸣，更使得寺院寂静而幽深了。

我们坐在院子里，和法师对面坐着，一时无话，不是无话可说，而是享受这难得的清凉安静的夏夜。突见一只飞蛾，从面前飞过，扑向寺院的小灯，然后飞蛾就在那灯上扑翅，噼啪作响，在那样的宁静中，飞蛾扑火的拍翅声已经震得人刺耳了，但也无法可想，只有等它扑得累了，自己从那灯上落下。

就在这一刹那分心在灯蛾身上时，寺院的钟声突然敲了起来，咚嗡——咚嗡，一声接着一声，不疾不徐，连声音也是很缓的，从山谷这头如水流到那头，再缓缓地折了回来。

夜里的钟声是格外沉厚的，仿佛一敲之下，它非但不上扬，反而向山下落了下去，一直往谷底沉。

我看看手表，已经是夜里八点了，这山间的寺庙为何还敲钟呢？虽然我极不愿打破钟声包围的沉默，还是忍不住问了法师。

"师父，为什么这么晚了还敲钟，不是说暮鼓晨钟吗？"

法师以他一贯和蔼慈悲的微笑说："这叫作幽冥钟，只有在夜里才敲，一共要敲一百零八下哩！"

然后他为我说了这幽冥钟的来历，原来这钟是专门为地狱中沉沦受苦的众生敲的。在地狱里是永夜的，众生不能见光，尤其是许多出家人和知识分子轮回以后就住在这无光地狱受诸种苦。

"出家人和知识分子在地狱？"我迷惑起来。

法师说："一般恶人下地狱固是业报，出家人出家后不好好辩道，受众生的供养，不为众生行道说法，妄为出家，罪加一等，因此是要下地狱的。知识分子应生时根器较大，应为众人师，为众人传知识开智能，但是许多知识分子不肯助人开示，死抱着知识，空来人间一遭，死后也难免堕落地狱。"

"那么敲钟对他们有用处吗？"

"敲钟对一切恶道里的众生都是有益的，每当敲钟的时候，在恶道中受苦的众生马上身心清凉，不感到苦，一直到钟声停止，他又堕入不断的苦中。可以说一天的敲钟是他们唯一受苦的休息，想起来真是令人心痛。你听——"法师叫我仔细听那钟声，钟声敲过后，他说："所以敲钟的人要敲得不疾不徐，前声刚断，后声随续，使那一百零八下的钟声，声声相续，这样，恶道里的众生才能有一小段不受苦的时间；如果敲得太快，浪费了钟声，敲得太慢，则苦痛断续，也不得休息。由于敲这夜里的钟声事关重大，敲钟的人总是全神贯注，有时敲着敲着，想到恶道里的众生，就不知不觉地落下泪来。"

"那么，这钟声对地狱的出家人和知识分子有什么特别的用处呢？"

"这钟声每敲一下，地狱就亮一次光，直到钟声歇止，光才又消失。出家人要利用光亮起的一刹那看经，忏悔自己的业障，一方面为地狱众生讲经说法，一方面为了出离的时候，回到人间弥补自己的罪业。知识分子也要利用这有光的刹那读书读经，为自己不能好好启示一般人的智慧而忏悔。"

法师谈到这里，山上与山谷重新落入了无边的寂静，刚在灯边飞扑的飞蛾，已因用尽了力气，啪嗒落在地上，我突然在心底响起一个声音：这飞蛾是否才从无边黑暗的地狱中出离的一个知识分子呢？否则为什么要这样猛烈地向光明的所在飞扑呢？

在这个人世里，我们有幸成为所谓的知识分子，应该怎么把知识和智能传播给大众，而在心情上又应该抱着多么戒慎恐惧的心情呀！

"其实，有的知识分子或出家人，没有好好传播智慧，不是因为不肯尽心，只是他们不知道自己要说的是不是真理，这个时候该怎么办呢？"我问法师。

百丈野狐

法师为我说了一个公案。

唐朝洪州百丈山大智禅师怀海，人称"百丈禅师"，他是唐代的大和尚，始创了中国禅门的规矩，称为"百丈清规"，是中国的高僧之一。

这位百丈禅师善于讲经说法，他所居的百丈山虽山峻极五千尺，但禅客无远不至，为了听百丈一席法，堂室每天爆满。

百丈禅师升座说法的时候，常常有一位老人也随众听法，法会一散，这老人也就随众散去了。

有一天，老人听完法后却不离去，站在当地似有疑惑，百丈问说："站在前面的是谁？"

"我是一只狐狸，"老人说，"过去迦叶佛驻世的时候，我曾经住在这个山里修道，和你一样讲经说法，有一位修行的人来向我问法，他问我：'大修行的人还会落到因果里面去吗？'我回答说：'不落因果。'因为答错了这句话，我死后便堕入畜生道，做了五百世的野狐狸，现在我做野狐狸的时间已经到了，能否请和尚开示，回答我这个问题：'大修行的人还会落在因果里面去吗？'让我脱下这野狐的身体。"

百丈说："不昧因果。"

老人当下大悟，称谢而去。

第二天，百丈率徒弟在后山找到一具野狐狸的尸体，死状安详，身体柔软，知道它是昨日问法的狐狸，他对门人说："真吾徒也！"

说到这里，法师闭目沉思，再睁开眼睛时目光清亮，他说："光是一字之差，就堕入恶趣，做了五百世狐狸，我们在传播智慧时岂可不慎！"

照佛法的说法，大修行者也不可能超越因果，他仍然在因果之中，不能不"落"，只能不"昧"，不昧，是对因果了了分明，得善果时不以为乐，受恶果时不以为苦，这才是真修行者的态度。

"所以一心想传播也不一定是对的，这就是为什么世尊讲八正道的原因了。"法师说。

"什么是八正道呢？"

"八正道，就是八条修圣的道法。一是正见，即正确的知见。二是正思惟，即正确的思考。三是正语，即正当的言语。四是正业，即正当的行为。五是正命，即正当的职业。六是正精进，即正当的努力。七是正念，即正确的观念。八是正定，即正确的禅定。一点点不正，就落入邪见了。为什么正这样重要，就像我们看火车的铁轨起头只要稍微偏斜，火车开到远方，已经十万八千里了。这是为什么不昧不能是不落的原因了。"

听到法师的一席话，想起我们每日的言语，禁不住满头大汗。

"那只野狐狸虽然对修行者说错了话，他的动机至少是良善的，假如有一个人在教导别人时动机不良，又会如何？"我问。

出离的日子

法师又说了一个故事。

有一个人，他生平并没有做过什么大的恶事，死后却堕入了无间地狱，无间地狱就是受苦无间断的地狱，每天受诸种大苦。他努力地回忆生前所造诸业，认为自己的罪不应该受这样的痛苦，他遂向狱卒抗辩："无间地狱是犯五逆之罪的人才应落入，我生平并无犯五逆之罪（注：五逆是：一、杀父。二、杀母。三、杀阿罗汉。四、由佛身出血。五、破和合僧），为何受此重报？"

"你前世以何为业？"狱卒问。

"我前世是个作家。"那人理直气壮地说。

"你写作时毫无净念，动机不纯，专写一些邪见、淫念、杀意、恶趣的事，引人堕入邪见，引人生起淫念，引人杀夫杀妻，引人诸行不净，这罪因不知使多少人因此结出五逆的罪果，这种罪比五逆还重大得多。"

作家听了全身颤抖，不能自已，念起生前所写的作品，淫邪恶趣仿佛在目前，忍不住因害怕而跪在狱卒的面前。

"我现在知道错了，但是我什么时候才能出离这无间的地狱呢？"

"最少要等到在世间，你的书完全消灭为止，或者你写过的犯有邪见、淫念、杀意、恶趣的每一个字都在人间消失为止。"

那位作家又落入无间的冰火之中，只听到从最痛苦的黑暗中传来他声声的悲啼。

听完法师的故事，思及我们世间的许多作家正为着步入地狱作准备，我深深地悲悯起来，传播净见的作家到底在哪里呢？

一九八五年八月一日

天地间的有情人

有一次，世尊释迦牟尼抓起地上的一把泥土，问阿难说："我手中的土多，还是大地土多？"

阿难回答："当然是大地土多。"

世尊于是对阿难开示："众生如大地土，得人身如我手中土。"

世尊的意思是非常明白的，陈明了人身的难得。我们时常感觉到人口爆炸的压力，但事实上，人口的总数量其实在众生里，只是像一小撮泥土罢了，那么作为一个人的珍贵与难得可以想见。

佛教徒常常谈到修行的四种困难"人身难得，中土难生，佛法难闻，明师难遇"，首先阐明的就是人身的难以得到。因为假如一个人没有得到人身，则佛法佛道等菩提就杳不可得了，我们说"佛"的意思是"觉悟的人"，也就是有了无上正等正觉等觉悟的人；我们说"菩萨"，在梵文叫"菩提萨埵"，"菩提"是"觉悟"，"萨埵"是"有情人"，浅白地说就是"觉悟的有情人"，他和佛的不同是尚未有无上的正等正觉，但至少已经开悟，而往佛的道路前进。

不管是成佛，或是做菩萨，人都是最可能、最方便、最易于教化的，因此在无始劫的轮回中，能生为人确实不是容易的事。

要明白这一点，我们必须要知道佛教关于缘起缘灭、因果关系、六道轮回等精神所在。所有的宗教都是讲因果的，只是讲因果的方法不同。佛教里把因果分成三种，因分成善因、恶因、不记因。善因即是种下一个好的因缘，恶因是种下了一个坏的因缘，不记因则是不好不坏的；果也由因生成，分为善果、恶果、不记果。

善恶因果是大家都能理解，但"不记"是什么呢？就是不善不恶的，例如我们喝杯水、散个步、吃碗饭、睡个觉，都无善恶可言，将来的果就是非善非恶的，是名"不记"。

"八识心田"与"六道轮回"

在佛教的观点里，善恶因果并不像神道所说，是由头上的三尺神明向天庭报告的，而是一种自我的业力，人所种下的善因恶因都会储存在"神识"或者"八识心田"中，随着各种因缘的聚会而萌发出善果和恶果，由于因缘的大小产生现报（即现世报，今生受报）、生报（次一生受报）、后报（次二三生乃至未来多生受报）。因为这无限的时间观念，所以我们看到世间恶人富有，善人贫苦并不足怪，恶人的富有是预支了上生的福报，而他的为恶则会在以后得到必然的代价。

果报不只是在人道之中，而是遍及六道，这六道也就是永无止境的轮回。六道分为天人道、阿修罗道、人道、地狱道、畜生道、鬼道，现在我们简单地看看六道的情况。

天人道就是神道，台湾民间信仰所供奉的神祇大多是这一道的，他们由人而成神，因为在为人的时候多做善事，多种善因，死后成神，生在欲界、色界、无色界诸天，他们唯有众乐，没有诸苦，但他们有生命的限制，天界寿命尽时仍落入轮回之中，所以不是究竟的世界。

阿修罗道可以说是鬼王道，是他们有与天人相近的神通和福报，但他们仍然有贪、嗔、痴诸烦恼和欲望，尤其是嗔心特盛，时常为此与天人作战，喜欢得到人的崇拜和祀奉，台湾民间信仰里有乩童、扶鸾的大多属于此道，许多人以为扶乩所请到的是佛菩萨或天帝正神，其实不然，佛菩萨和旁释等无限慈悲，何至于让扶乩的人砍得头破血流才证明它的神通呢？阿修罗道也有寿限，寿终时至入轮回。

地狱道是众生因果业所感而落到一个不自由的地方受诸种苦，在《地藏菩萨本愿经》中对此道众生有详细的开示。它从最轻微的"拍球地狱"（即受苦时间很短，如拍球一般），到最重的阿鼻地狱、无间地狱（即受苦无间断，时间之久无可想象，一人也满多人也满塞住无空间，不论男女老幼或龙或神或天或鬼都可能受，百千劫中求一念暂停也不可得，连绵无间），全是随恶业所报。

畜生道也由恶业所感，从最微小的虫蚁到最大的鲸象，从最短暂的蜉蝣到最长命的龟鹤都是，虽有善恶福祸之别，但因六根不利，难闻正法。

鬼道亦由恶业感生，鬼道众生腹大如桶，终日饥饿，但喉管微细如针，永世不得一饱，纵有甘泉美味，送到口中尽数化成火焰，兼受烧炙与饥渴之苦。

人同时具备五道众生的特质

五道之外，就是人了。人所以比别道的众生特别，是由于在人道里同时具备了五道众生的特质。

我们在人里面可以发现到像神一样有大能力、大神通、大福报的人，他们良衣美食、五福临门（五福即是富、贵、寿考、好德、善终），这样的生活其实与天人差不了多少。

同时，我们在人里面也能见到像阿修罗一般有大福报、有权有势，但永不餍足，喜欢争夺战斗的人，这种"一将功成万骨枯"的人物正是人间的阿修罗。

此外，那些被判处无期徒刑终身在监狱中不得自由的人，不正是活在人间的地狱里吗？那些衣冠楚楚而欺压百姓、奸淫掳掠无所不为、行为有如禽兽的人，不正是人间的畜生吗？那些流落街头乞食终日不得一饱，或者生在非洲受大饥荒的人，不正是人间的饿鬼吗？这样想时，不禁让我们兴起无边的同情与悲悯，他们和我们外表一样是人，为什么沦为地狱、畜生、饿鬼呢？这不是现世报又是什么？

常常有不信天堂地狱、不信因果的人问我："你说有天堂地狱、六道轮回，到底是在哪里，可不可以变出来给我看看？"我就说，天堂地狱，畜生饿鬼不是死后才有，在人间我们已经可以找到太多的证据，否则我们在同一张报纸上，为什么看到有的人为了救人慷慨赴义，不计生死呢？为什么又看到有的人杀人放火、抢劫强奸呢？在前者，我们看到了天上的曙光，在后者，我们则感受到地狱的黑暗。

也由于人这种多元的特质，人才是最可为的，人也才是有情众生中最难得的。当我们看到那些圣贤人物，他们一样是人，为何有那样的功业，是不是让我们希圣希贤？当我们看到那些在地狱、畜生、饿鬼中犹不知的人，他们一样是人，为何沦落至此，是不是让我们救拔自己，不希望堕入其中？

所以我们离苦得乐，知道作为人的可贵与尊严，不只要寄望来世，也要明白今生，就在此时此地此一念间，我们明白了人的伟大与人的渺小，人的庄严与人的卑贱，往那伟大与庄严的地方走就不会错了。

一转身就是大菩萨

然而，我们也不可摒弃那些在地狱、畜生、鬼道中的人们，要知道恶业所召、随业流转的道理，对他们抱以无限的同情与关爱，尽一生形寿去救拔他们——有此一念救拔，则人人都是大菩萨，唯有今生能与有情众生同悲共苦，尽力救济，才能在无限的未来中永不退转。

　　有的人常因佛经中所记的菩萨大悲大智大行大愿而感动，但深感菩萨难为，我常对人说："不要怕做菩萨，你一转身就是菩萨。"固然我们能力有限，何尝不能由小的地方做起呢？

　　佛教最为人所知的四大菩萨，是大悲观世音菩萨、大智文殊菩萨、大行普贤菩萨、大愿地藏菩萨，象征了四种伟大的精神。悲者是下化众生，智者是上求佛法，行者是不辞劳苦，愿者是偏十方界，精神虽大如瀚海，但不择江河细水。我们有幸生在世间，就应该不弃世缘，我们又有幸是佛陀手中之土，就应该从人出发，假如我们不能先做一个完整的人、好好的人、有情的人、平等的人、利他的人，那么超出六道轮回的极乐世界是何其之远呀！

一九八五年十月十五日

求心录

　　唐朝乾元年间，浙江绍兴有一个百姓名叫杨宗素，是位有名的孝子。有一天他的父亲生病，非常严重，呻吟数月没有好转，杨宗素用尽了财产为父亲求医。后来找到陈姓医生，看了杨父的病说："你父亲的病，是心病。因为他以前财产很多，整个心都被钱财指挥，所以心早就离开了身体，只有吃活人的心才能够补他的心，而天下活人的心到哪里去找呢？除了这个方法，我不知道还有什么方法可以治你父亲的病。"

　　宗素听了，知道活人的心是不可能得到的，认为信佛说不定可以治父亲的病，因此找到僧侣诵经，命工人绘祷佛像，并且还准备僧衣斋饭，供养佛寺里的僧侣。

　　一天，他正要拿饭到佛寺，误入了山中小路。看到山下有石塔，塔里有胡人僧侣，容貌老瘦枯瘠，穿着袈裟，端坐在石头上。宗素以为是异人，向前行礼问道："师父是哪里人，独自在这贫瘠的山谷，以人迹不到之地为家，也没有侍者，难道不怕山上的野兽害你吗？或者你已得佛法成道？"

僧说："我俗姓袁，祖先世居巴山山脉，或在弋阳，散居在各山谷里，大部分都能守祖业，做林泉隐士。有那喜欢长啸爱作诗的，就有了名声。另外有姓孙的，也是我的族人，他们多游豪贵之门，善体人意。有的在市井中，每耍一戏，都能令人获利。只有我爱好佛法，离开尘俗，住在这山谷中有好多年了，常常羡慕阿育王割肉跳崖以喂饿虎的慈悲心，所以我在这里吃干果喝泉水，只恨还没有虎狼来吃，正在这里等候哩。"

宗素因而告诉僧人："师父真是圣贤，能舍身不顾，宁喂野兽，可以说神勇都兼备！然而弟子的父亲生病数月，日渐沉重，我日夜忧心，不知如何是好。有医生说，这是心出了毛病，不吃活人的心就不能痊愈，现在看到师父能舍身拯救饿虎豺狼，是不是不如舍命救人，嘉惠生命呢？"

僧说："对对，这正是我的心愿，檀越为父亲求我的心，有何不可？然而今天我还没吃饭，但愿吃了饭再死。"

宗素且喜且谢，把食物供奉，老僧吃完后说："我吃完了，但先让我向四方诸圣顶礼。"于是整衣冠出塔向四方行礼，礼毕，突然跃向一棵高树。叫来宗素，厉声问他："你刚刚向我求什么？"

"希望得到活人的心，治疗父亲的病。"

僧说："你希望得到的心我已答应给你，但现在先向你说《金刚经》，你愿意听吗？"

宗素说："我素来崇尚佛法，今天有幸遇到师父，哪有不听的道理？"

僧说："《金刚经》上说：'过去心不可得，现在心不可得，未来心不可得。'你要取我的心，也不可得啊！"遂化成猿猴，飘然而去。

以上的故事，出自唐朝张读所作的《宣室志》，我把它翻译成白话，并略作删节。这篇故事十分令人深省，是中国传统中少见的寓言小说。杨宗素和杨父的遭遇都是令人同情的，杨父迷利而失心，而宗素偏又向外求心，却不能扫明镜尘埃，自坠烦恼。这个故事说明了唯有除去向外求心，甚至向过去、现在、未来求心，才有希望自我拯救。

最有意思的是，高僧竟是猿猴所化，足见众生平等，猿猴见性则明了自己的本心，人假如不见性则枉生为人。读这篇旧小说，使我想起达摩祖师说的：

"无妄想时，一心是一佛国；有妄想时，一心是一地狱。"（《达摩悟性论》）

"佛在心中，如香在树中；烦恼若尽，佛从心出，朽腐若尽，香从树出。即知树外无香，心外无佛。若树外有香，即是他香；心外有佛，即是他佛。"（《达摩悟性论》）

既是如此，我们到处求别人的心、别人的肯定，又是为了什么？

我们到处访佛求道，哪里知道佛就在我们的心中，只是被名缰利锁紧紧捆绑了，假如我们自己不能解，又有谁能解呢？

主人蒸黍未熟

读到宋朝的《文苑英华》中的《枕中记》，觉得是非常有趣的故事。

有一个卢生骑马要到于田去，在邯郸的旅馆中遇到一位道士吕翁。道士看卢生叹息自己生不逢辰，就问他为什么叹气。

卢生说："士之生世，当建功树名，出将入相，列鼎而食，选声而听，使族益昌而家益肥，然后可以言适乎。吾尝志于学，富于游艺。自惟当年青紫可拾。今已适壮，犹勤畎亩，非因而何？"卢生说完后，眼睛昏花想睡觉。

那时主人正在蒸黍。

吕翁从囊中找出一个枕头给卢生说："子枕吾枕，当命子荣适自志。"

那个枕头是青瓷做成的，两边开了洞，卢生睡在上面，看到那洞口逐渐加大、明朗，就举身走进去，回到家里。

从此，卢生娶了美丽的富家女，考上进士，从渭南尉做起，官升得很快，先转升监察御史，然后出典同州、陕州、汴州、河南道采访史，京兆尹，御史中丞，河西道节度，转吏部侍郎，迁户部尚书兼御史大夫——一时之间，权倾当朝。

他的权位为宰相所忌，用谣言中伤他，被贬为端州刺史。但过三年又被征为常侍，再升为中书门下平章事，和中书令萧嵩、侍中裴光庭共同执掌国家大政十几年。

后来又被诬陷和边将勾结图谋不轨，被捕下狱，被捕的时候他害怕不测，吩咐妻子说："我家山东，有良田五顷，足够生活，何苦来求官禄？现在弄到这个下场，想要穿粗糙的短衣，坐青马在邯郸道上走，已经不可得了。"遂拿刀自杀，被救。

几年后皇帝知道他的冤情，再追封他为中书令，再封为燕国公，从他做官以来五十几年，"性颇奢荡，甚好佚乐，后庭声色，皆第一绮丽，前后赐良田、甲第、佳人、名马，不可胜数"。

他生了五个儿子，都有才气，不但全做了官，娶的都是天下望族之女，孙子有十几个。

他晚年害病时，官府问候的人接踵于道路，名医上药，无不至焉。要死的前一天晚上，他还上疏给皇帝略述了生平，写完后就死了。

卢生伸了懒腰打呵欠醒来，发现自己还在旅馆，吕翁正坐在旁边，主人煮的黍还没有熟呢！看看四周确定还在旅馆里，遂跳起来问："这是梦吗？"

吕翁说："人生的适与不适，也就像这样了。"

卢生感叹良久，说："宠辱之道，穷达之运，得丧之理，死生之情，我现在都知道了。"

读《枕中记》令人感触良深，尤其"主人蒸黍未熟"一句最让人惊心，黍还没蒸熟，一个人的生命已经是大起大落无数次了，特别能由小小的黍感受到人在空间的渺小，以及在时间中的短暂。

佛陀说："一切众生，寿命不定，如水上泡。"（《大般涅槃经》）

"一切有为法，如梦幻泡影，如露亦如电，应作如是观。"（《金刚经》）

"出息不还，则属后世。人命在呼吸之间耳。"（《处处经》）

人命的旦夕在宇宙大环境中，只是呼吸之间，地球在佛的眼中成、住、坏、空，整个消失也只是一霎之间，一个人假如不能认清这一点，汲汲于名利权位的追求，不能舍下庸俗的享受，那么等到黍煮熟的时候，回身一望，连安身立命的所在都已经灰飞而散了。

无明长夜旷远

世尊为胜光王说生死无常之喻，世尊说："有一个人在旷野中游走，被凶恶的大象追遂，他惊吓地逃走，突然看到一口空井，旁边有树根，他攀缘树根而下，躲藏在井里。但是有黑白两只老鼠，交互地咬着他攀缘的树根。在井的四周还有四条毒蛇要咬他，井底还伏着一条毒龙。他害怕毒蛇，又害怕树根断，又害怕因贪吃树根上的五滴蜂蜜忘记身处的危险，因此摇动树枝，驱散蜜蜂，蜜蜂反而飞下来咬他。这时旷野上有一把野火烧过来，正在燃烧着那棵树。"

胜光王听了这个故事，心生警惕，问道："这个人是为了什么，为了贪图那么少的蜜甜，而要受无量的苦？"

世尊说："大王！人在旷野上行走，是比喻人的无明长夜旷远。这个人是个凡夫，他的心早被无明遮蔽。那只象比喻人生的无常之苦，那口井是比喻人生的生死犹如落井，那危险边缘的树根比喻人的性命之脆弱，那黑白两只老鼠是比喻昼夜之速，吃一口少一天，那四条毒蛇是比喻地水火风四大在侵蚀他，蜂蜜是眼耳鼻舌身五种欲望会令他忘了身处险地，蜜蜂则比喻淫邪的思想不时噬咬他，野火比喻老病终究会烧过来，那潜伏在井底的毒龙，是比喻死，最后人总要落入它的口里。"

以上这个寓言说法，出自唐朝义净法师所翻译的《譬喻经》，我把它用白话译出，因为篇幅有限，可能无法完全表达世尊原来的真意。但是我记得第一次读到这个故事时，心里受到极大的撼动。人命的无常苦空，被无始劫以来的无明障蔽，正如寓言里所讲述的一样，可叹的是一般凡夫并不能知自己的处境，常为了几滴蜂蜜，而弄得流离失所，至死不悟。

这个无明世界，正如《无量寿经》里说：

"惑道者众，悟之者寡，世间匆匆，无可聊赖，尊卑上下，贫富贵贱，勤苦匆务，各怀杀毒。恶气窈冥，为妄兴事，违逆天地，不从人心，自然非恶，先随与之。恣听所为，待其罪后，其寿未尽，便顿夺之。下入恶道，累世勤苦，辗转其中，数千亿劫，无有出期，痛不可言，甚可哀悯。"

我们想到那挂在井中树根的人，能不油然生出同情悲悯的心情吗？想到恶境中的人，能不油然生出疼痛之心吗？

可叹的是，那挂在井中树根的人正是我们自己，只是假如我们不深刻地想一想，就难以知道我们的处境如是艰难！发菩提心，行菩萨道是唯一救拔的方法吧！

一九八五年一月一日

束　缚

有人问我：“你为什么要学佛呢？”

我想，我是感觉到了人的无常，人的有限，人的束缚，希望能从里面解脱出来。

“束缚？什么束缚？”

人的无常、人的有限是比较容易了解和感受的，可是人有什么束缚呢？为什么我们会感觉到作为一个人是束缚呢？又如何才是解脱之道？

束缚，在佛教里是比较特别的东西，也是有别于其他宗教对人身的观点，如果分析整个佛教的思想基础，“束缚”实际上占了很重要的地位，因为“束缚”才有“解脱”，因为“求解脱”才有了佛教。

一个人活在这世界上受到什么束缚呢？他受到了因果的束缚、业力的束缚、轮回的束缚，乃至于受到了身体的束缚、欲望的束缚、无知的束缚……可以说无一不是束缚。

人虽然自命为"万物之灵",人却不像自己的想象那么高的。在飞行上,人比不上一只小鸟;在游泳上,人比不上一条小鱼;比寿命,人不如龟;比力气,人不如象;比速度,人不如豹;比灵敏,人也不如狗……人唯一可以超越动物的就是头脑,可是头脑也就是人最大的束缚。

有了头脑就有我执,就有贪嗔痴慢疑,就有所知障和烦恼障,也就使我们永远在感官和知觉的领域中兜圈子了。

觅心了不可得

佛陀深知身体与头脑都是束缚,所以,他说戒、说定、说慧、说信、说愿、说行。唯有透过戒定慧、信愿行,才能超越人世的束缚,迈向寂静的涅槃。

佛教到了中国以后,中国的禅师对于束缚的看法和观照更是发挥得淋漓尽致,他们透过智慧的开悟,为束缚找到一条更迅捷的解脱之道。

达摩祖师到中国来的时候,是要来"单传心印,开示迷途"。后来他发现要找一个不受迷惑的人太难了,就自己跑到嵩山少林寺去,"面壁而坐,终日默然,人莫之测,谓之壁观婆罗门"。

达摩祖师后来把衣钵传给二祖慧可,他们见面的时候有一段令人动容的故事。慧可去参拜达摩,虽然早晚都去礼拜,但达摩只是面壁端坐不发一言。慧可求道之心非常坚决,有一天夜里下起了大雪,他站立着不动一直到黎明,这时积雪已经掩过了他的膝盖。

　　他的诚心感动了达摩，达摩悲悯地问他："你在雪里站了这么久，是要求什么呢？"

　　慧可听到达摩开口，不禁悲感交集而落下泪来："请大师慈悲开甘露法门，给弟子一些度化开示。"

　　达摩说："诸佛无上妙道，旷劫精勤，难行能行，非忍而忍，岂以小德小智、轻心慢心、欲冀真乘，徒劳勤苦？"

　　慧可听了达摩开示，下了大决心，回去取了利刀，切下自己的手臂放在达摩面前，达摩看到他的诚心，不禁感动地说："诸佛在最初求道的时候，都是为了法而舍却自己的身躯，你今天在我面前断臂，也就可以了。"遂收慧可为徒。

　　接下来，他们的对话是：

　　慧可："诸佛法印，可得闻乎？"

　　达摩："诸佛法印，匪从人得。"

　　慧可："我心未宁，乞师与安。"

　　达摩："将心来与汝安。"

　　慧可："觅心了不可得。"

　　达摩："我与汝安心竟。"

　　我们应该深思后面这四句话，慧可请达摩给他安心，达摩叫他拿心出来，慧可找不到心在何处，达摩说："我已经为你安定心了。"这是后来中国禅门公案的一个"原型"，所谓禅门公案是从逻辑的束缚中解放出来的，也是从心的束缚中解放出来的。

自求解脱是唯一的道路

慧可把衣钵传给僧璨，是为三祖。

僧璨去拜见慧可，有这样的对话：

"弟子身缠夙恙，请师忏罪。"

"将罪来与汝忏！"

"觅罪了不可得。"

"吾与汝忏罪竟。"

夙恙，就是我们现在佛教所说的"宿业"，是往昔所造的各种恶业，作为佛弟子，对罪业的忏悔是很重要的，可是罪业在哪里呢？如果连罪业也一起放下，忏悔不也就终结了吗？

放下，其实是一种束缚的解脱。

这种对束缚的看法，到僧璨传给四祖道信的时候，更进一步了。道信在十四岁的时候去参礼僧璨，有以下的对话：

"乞和尚解脱法门！"（请师父教我解脱的法门！）

"谁缚汝？"（谁束缚了你？）

"无人缚。"（并没有人束缚我。）

"何更求解脱乎？"（那你干吗还来求解脱呢？）

道信因此得到大大的彻悟，知道所有的束缚是自己造出来的，只有自求解脱才是唯一的道路。

祖师们的对话，几乎成为一个传统，这个传统其实就是束缚与解脱的对话，是执着与放舍的触机。

道信把衣钵传给五祖弘忍，他们的对话更是有趣了。这一次是道信在路上遇到一个七岁的孩童，骨相奇秀，根器不凡，和一般的孩子不同，他便问这孩子（就是弘忍五祖）：

"子何姓？"（孩子，你姓什么？）

"姓即有，不是常姓。"（我有姓，但不是普通的姓。）

"是何姓？"（是什么姓？）

"是佛性。"（我的姓是佛性。）

"汝无姓耶？"（你难道没有姓吗？）

"性空故。"（我的性空，所以没有姓。）

这一段话，进一步指出，解除束缚的中心就是本性空寂，佛性觉醒，只有体悟到永恒的真我，才能突破俗世的缠缚。

体现本来湛然的佛性

六祖慧能求法的故事，是大家耳熟能详的，他以一偈："菩提本无树，明镜亦非台；本来无一物，何处惹尘埃。"超越了弘忍的首座弟子神秀的偈："身是菩提树，心如明镜台；时时勤拂拭，莫使有尘埃。"这两首偈的高下，就是见性与未见性的差别，也就是解脱束缚中努力的不同了。

我们现在再来看慧能从遥远的岭南，千里迢迢跑到黄梅去拜谒弘忍的对话，他走了三十几天到了黄梅，见到弘忍时拜了下去，弘忍说：

"汝何方人？欲求何物？"（你是哪里人？想来求什么？）

"弟子是岭南新州百姓，远来礼师，唯求作佛，不求余物。"

（弟子是岭南新州人，跑这么远来礼拜师父，只求作佛，不求别的东西。）

"汝是岭南人，又是獦獠，若为堪作佛？"（你是岭南人，又是粗人，怎么能作佛呢？）

"人虽有南北，佛性本无南北，獦獠身与和尚身不同，佛性有何差别？"（人虽有南北之分，佛性哪里有南北之分？粗人的身份和和尚的身份虽不同，佛性有什么不同呢？）

六祖在还没有修行出家之前，早就看清了所有外在的束缚都是没有意义的，唯有剥开一切外在的形体现了本来湛然的佛性，才是真正的智慧。

历来许多人对六祖到底识不识字多所讨论，但这是不重要的，因为知识、逻辑、理解、思考……有时正是束缚的来源。

对佛教的修行者，尤其是禅宗，"束缚"不只是突破和挣扎，而是要放下！因为突破与挣扎到底是缓慢的，唯有放下才是当下、立即、彻底、明白、了悟的。

梵志到佛陀面前献花的故事，是一个最基本最明白的启示：

梵志到佛前献合欢梧桐花，佛陀对他说："放下吧！"梵志放下左手的一株花，佛陀又说："你放下吧！"梵志又放下右手的一株花，佛陀再说："你放下吧！"

梵志说："我现在两手都空了，还要放下什么呢？"

佛陀说："我不是叫你放下花，而是叫你放舍从外境来的色、声、香、味、触、法六尘；从内心来的眼、耳、鼻、舌、身、意六根；以及六尘与六根相应所生的识见，到全部舍却，再也没有可舍的地方，才是你安身的地方。"

梵志当下彻悟。

可见对治束缚，最直接的是放下，而知道放下，最猛利又莫过于禅定。

佛也有烦恼吗？

佛陀在大悟时说的第一句话是："奇哉！一切众生皆具如来智慧德相，但以妄想执着不能证得！"如来的智慧德相就是佛性，而"妄想执着"就是束缚，当一个完全解除了一切的束缚，他是回到他的佛性，也就是成佛了。

因此觉悟到这个束缚，是一个人开启智慧的开端，当我们觉悟到人生的束缚，再回想佛陀开悟的时刻，真是令人感动的。他放下了外物的附庸，成为自己真正的主人，没有开悟之苗的佛陀也和我们一样，他会为种种恐惧、沮丧、愁苦而痛苦，但当他看清了束缚的罗网是无始劫来的无明，于是他超越了束缚，彻见万法，到达一种自由自在的境界。

"超越束缚"并不是说就没有身或心的纠缠，而是身心的变化不再做主，"我"却做了身心乃至一切外境的主人。

长久以来，佛教常被误以为是对人类没有积极贡献的虚无主义，那是因为抱持这种见解的人，被寂灭、圆寂、破灭、止息、寂静、涅槃、断欲、割断爱恨缠缚的表面意义所迷；其实佛教不是虚无主义，反而是教人能彻见生命流动的意义，是要认清如果我们将这个无常的世界认为是值得系着而贪恋执着，那么必然会因而沮丧绝望；如果我们运用般若智慧，认清了一般的人见不到的一面，就是同时见到"永恒的本身"（佛性）和无常的迁流，那我们才能真正地、更深刻地超越消极的人生。

因此，佛教强调的"灭爱""破烦恼"不应从消极否定的角度理解，佛教的修行在于转"爱"为"悲"，将自我中心的爱化为普遍的悲心，使肉欲的"小爱"变成精神的"大爱"，这才是超越了束缚更积极的意义。

超越束缚以后呢？

有人问赵州从谂禅师："佛有烦恼吗？"

他说："有。"

"那怎么会呢？他不是解脱一切烦恼的人吗？"

禅师说："是的。但是，他的烦恼是要救度一切众生。"

我想到，佛经中所说："如如"两字，如如不只是静止不动的，应该是充满了活力和生机的；否则，"悲智双运"是怎么运起来的呢？对于觉悟的人，唯有众生才是他的烦恼，可叹的是，众生却不能认识自己的无常、有限和束缚！

一九八六年二月一日

期待父亲的笑

父亲躺在医院的加护病房里，还殷殷地叮嘱母亲不要通知远地的我，因为他怕我在台北工作担心他的病情。还是母亲偷偷叫弟弟来通知我，我才知道父亲住院的消息。

这是父亲典型的个性，他是不论什么事总是先为我们着想，至于他自己，倒是很少注意。我记得在很小的时候，有一次父亲到凤山去开会，开完会他去市场吃了一碗肉羹，觉得是很少吃到的美味，他马上想到我们，先到市场去买了一个新锅，买一大锅肉羹回家。当时的交通不发达，车子颠簸得厉害，回到家时肉羹已冷，且溢出了许多，我们吃的时候已经没有父亲所形容的那种美味。可是我吃肉羹时心血沸腾，特别感到那肉羹是人生难得，因为那里面有父亲的爱。

在外人的眼中，我的父亲是粗犷豪放的汉子，只有我们做子女的知道他心里极为细腻的一面。提肉羹回家只是一端，他不管到什么地方，有好的东西一定带回给我们，所以我童年时代，父亲每次出差回来，总是我们最高兴的时候。

他对母亲也非常的体贴，在记忆里，父亲总是每天清早就到市场去买菜，在家用方面也从不让母亲操心。这三十年来我们家都是由父亲上菜场，一个受过日式教育的男人，能够这样内外兼顾是很少见的。

父亲的青壮年时代虽然受过不少打击和挫折，但我从来没有看过父亲忧愁的样子。他是一个永远向前的乐观主义者，再坏的环境也不皱一下眉头，这一点深深地影响了我，我的乐观与韧性大部分得自父亲的身教。父亲也是个理想主义者，这种理想主义表现在他对生活与生命的尽力，他常说："事情总有成功和失败两面，但我们总是要往成功的那个方向走。"

由于他的乐观和理想主义，使他成为一个温暖如火的人，只要有他在就没有不能解决的事，就使我们对未来充满了希望。他也是个风趣的人，再坏的情况下，他也喜欢说笑，他从来不把痛苦给别人，只为别人带来笑声。

小时候，父亲常带我和哥哥到田里工作，透过这些工作，启发了我们的智慧。例如我们家种竹笋，在我没有上学之前，父亲就曾仔细地教我怎么去挖竹笋，怎么看土地的裂痕，才能挖到没有出青的竹笋。二十年后我到竹山去采访笋农，曾在竹笋田里表演了一手，使得笋农大为佩服。其实我已二十年没有挖过笋，却还记得父亲教给我的方法，可见父亲的教育对我影响多么大。

由于是农夫，父亲从小教我们农夫的本事，并且认为什么事都应从农夫的观点出发。像我后来从事写作，刚开始的时候，父亲就常说："写作也像耕田一样，只要你天天下田，就没有不收成的。"他也常叫我不要写政治文章,他说:"不是政治性格的人去写政治文章,就像种稻子的人去种槟榔一样,不但种不好,而且常会从槟榔树上摔下来。"他常教我多写些于人有益的文章,少批评骂人,他说:"对人有益的文章是灌溉施肥,批评的文章是放火烧山;灌溉施肥是人可以控制的,放火烧山则常常失去控制,伤害生灵而不自知。"他叫我做创作者,不要做理论家,他说:"创作者是农夫,理论家是农会的人。农夫只管耕耘,农会的人则为了理论常会牺牲农夫的利益。"

父亲的话中含有至理,但他生平并没有写过一篇文章。他是用农夫的观点来看文章,每次都是一语中的,意味深长。

有一回我面临了创作上的瓶颈,回乡去休息,并且把我的苦恼说给父亲听。他笑着说:"你的苦恼也是我的苦恼,今年香蕉收成很差,我正在想明年还要不要种香蕉,你看,我是种好呢,还是不种好?"

我说:"你种了四十多年的香蕉,当然还要继续种呀!"

他说:"你写了这么多年,为什么不继续呢?年景不会永远坏的。""假如每个人写文章写不出来就不写了,那么,天下还有大作家吗?"

我自以为在写作上十分用功,主要是因为我生长在世代务农的家庭。我常想:世上没有不辛劳的农人,我是在农家长大的,为什么不能像农人那么辛劳?最好当然是像父亲一样,能终日辛劳,还能利他无我,这是我写了十几年文章时常反躬自省的。

母亲常说父亲是劳碌命,平日总闲不下来,一直到这几年身体差了还时常往外跑,不肯待在家里好好地休息。父亲最热心于乡里的事，每回拜拜他总是拿头旗、做炉主，现在还是家乡清云寺的主任委员。他是那一种有福不肯独享，有难愿意同当的人。

他年轻时身强体壮，力大无穷，每天挑两百斤的香蕉来回几十趟还轻松自在。我还记得他的脚大得像船一样，两手摊开时像两个扇面。一直到我上初中的时候，他一手把我提起还像提一只小鸡，可是也是这样棒的身体害了他，他饮酒总不知节制，每次喝酒一定把桌底都摆满酒瓶才肯下桌，喝一打啤酒对他来说是小事一桩，就这样把他的身体喝垮了。

在六十岁以前，父亲从未进过医院，这三年来却数度住院，虽然个性还是一样乐观，身体却不像从前硬朗了。这几年来如果说我有什么事放心不下，那就是操心父亲的健康，看到父亲一天天消瘦下去，真是令人心痛难言。

父亲有五个孩子，这里面我和父亲相处的时间最少，原因是我离家最早，工作最远。我十五岁就离开家乡到台南求学，后来到了台北，工作也在台北，每年回家的次数非常有限。近几年结婚生子，工作更加忙碌，一年更难得回家两趟，有时颇为自己不能孝养父亲感到无限愧疚。父亲很知道我的想法，有一次他说："你在外面只要向上，做个有益社会的人，就算是有孝了。"

母亲和父亲一样，从来不要求我们什么，她是典型的农村妇女，一切荣耀归给丈夫，一切奉献都给子女，比起他们的伟大，我常觉得自己的渺小。

我后来从事报导文学，在各地的乡下人物里，常找到父亲和母亲的影子，他们是那样平凡、那样坚强，又那样的伟大。我后来的写作里时常引用村野百姓的话，很少引用博士学者的宏论，因为他们是用生命和生活来体验智慧，从他们身上，我看到了最伟大的情操，以及文章里最动人的质素。

我常说我是最幸福的人，这种幸福是因为我童年时代有好的双亲和家庭，我青少年时代有感情很好的兄弟姊妹；进入中年，有许多知心的朋友。我对自己的成长总抱着感恩之心，当然这里面最重要的基础是来自于我的父亲和母亲，他们给了我一个乐观、关怀、良善、进取的人生观。

我能给他们的实在太少了，这也是我常深自忏悔的。有一次我读到《佛说父母恩重难报经》，佛陀这样说：

假使有人，为于爹娘，手持利刀，割其眼睛，献于如来，经百千劫，犹不能报父母深恩。

假使有人，为于爹娘，亦以利刀，割其心肝，血流遍地，不辞痛苦，经百千劫，犹不能报父母深恩。

假使有人，为于爹娘，百千刀戟，一时刺身，于自身中，左右出入，经百千劫，犹不能报父母深恩……

读到这里，不禁心如刀割，涕泣如雨。这一次回去看父亲的病，想到这本经书，在病床边强忍着要落下的泪，这些年来我是多么不孝，陪伴父亲的时间竟是这样的少。

母亲也是，有一位也在看护父亲的郑先生告诉我："要知道你父亲的病情，不必看你父亲就知道了，只要看你妈妈笑，就知道病情好转，看你妈妈流泪，就知道病情转坏，他们的感情真是好。"为了看顾父亲，母亲在医院的走廊打地铺，几天几夜都没能睡个好觉。父亲生病以后，她甚至还没有走出医院大门一步，人瘦了一圈，一看到她的样子，我就心疼不已。

我每天每夜向菩萨祈求，保佑父亲的病早日康健，母亲能恢复以往的笑颜。

这个世界如果真有什么罪业，如果我的父亲有什么罪业，如果我的母亲有什么罪业，十方诸佛、各大菩萨，请把他们的罪业让我来承担吧，让我来背父母亲的业吧！

但愿，但愿，但愿父亲的病早日康复。以前我在田里工作的时候，看我不会农事，他会跑过来拍我的肩说："做农夫，要做第一流的农夫；想写文章，要写第一流的文章；要做人，要做第一等人。"然后觉得自己太严肃了，就说："如果要做流氓，也要做大尾的流氓呀！"然后父子两人相顾大笑，笑出了眼泪。

我多么怀念父亲那时的笑。

也期待再看父亲的笑。

父亲的佛事

幼年时代，参加过几次丧事，使我对台湾民间的丧葬形式感到一种可怖的、悲惨的气氛，尤其在夜半时分听司公道士的法螺，看在无边的黑暗中飘飞的冥纸，更是给人一种诡秘的感觉。

除了掌法的道士，还有许多来参与丧事的"罗汉脚"和"土公"，他们多数只穿着汗衫、趿着拖鞋，口中叼着一根烟，有时还嚼着槟榔，对于亡者有一种随便的态度。

这些，使我在刚刚知事的少年时代就在心底反抗着。我常想，中国是一个多么有智慧的民族，为什么会发展出这样的形式？这种形式是何时开始的？有没有改革的可能性呢？我的疑惑几乎是找不到答案的。因为在乡间，不管是哪一个人过世，他的亲戚朋友马上会围拢来，然后每人发表一套他所认识的，或者他所听来的形式，在丧家眷属手足无措的情况下，只好跟随着众人的意见，于是，社会虽然日益进化改革，丧葬反而繁复而落伍了。

例如，大家都认为死者逝去后灵魂一定先到阴间去，因此，刚一断气就在脚底摆鸡蛋、石头和米饭，而请来的道士作法，则先将死者的灵魂带到奈何桥、过刀山、赴水火、进入地狱，然后再借助道士的力量将他的灵魂救拔出来。例如，大家都相信亡者可以带一些东西到另一个地方使用，因此在他身上要穿七层衣服，要烧去无以数计的库银（冥纸），要耗资上万买一间纸厝，里面冰箱、电视、汽车、仆佣无不具备。又例如，认为只有热闹喧哗的葬式，才能表现出人子的孝思，也表现死者没有枉过一生，因此乐队、鼓吹阵，甚至五子哭墓、脱衣舞等已经见怪不怪了。

可是实际的情况是这样的吗？在中国传统里难道没有更庄严、更肃穆，更能表现一个人死亡的尊严的形式吗？不久前父亲重病的时候我时常思考着这些问题，而父亲不幸在住院二十一天后与世长辞了。作为父亲的儿子，在基本上，我希望为父亲选择一个最好的仪式，也希望对民间所认识的死后世界有一些改革。

我是个佛教徒，从佛教的观点来看，现在民间信仰对死者所用的形式根本是无用的，也是错误的。那么如果让父亲也顺着民间信仰的葬式，说什么我都是不能接受的。

因为在佛教的观念里，人的死亡虽是不可免的，但人死后的"神识"并不一定到阴间去，他有很多的可能性，很可能往生西方极乐世界或东方琉璃净土等诸佛国土，也可能上生天人、阿修罗，中生人间，或者下堕畜生、饿鬼、地狱诸道，下地狱的几率并不如民间信仰所想的那么大，而且人离开了尘世到另一世界，在这世界的东西就根本用不上，无着力之处了。

为了帮助死者往生净土，或者生在人天，为亡者所做的最殊胜的功德是为他诵经、拜忏，并且将他的财物布施，而家属共同发愿，为他守杀、盗、淫、妄、酒诸戒，然后将功德回向给他，借诸佛菩萨的慈悲加护，使他不堕恶趣，往更好、更清净、更安乐的地方超拔。

由于这种信仰，父亲在医院病况危急之际，我们就将他带回家来，本来在医院中焦灼不安、饱受折磨的父亲，因为知道回到家里，而露出安心的笑容。这时我们的亲友都来参加意见，有的说要穿七层衣，有的说要扶他踩一下泥土，还有人已经去联络了专门包揽丧事的道士、土公等等。

我和兄弟们极力反对，因为父亲虽然病重，身体不能动弹，他的意识还是十分清楚的，这时任何对身体的移动，必将为他带来极大的痛苦，实为我们所不忍见。我想到弘一大师说的一段话："常人命终之前，身体不免痛苦。倘强为移动沐浴更衣，则痛苦将更加剧。世有发愿生西之人，临终为眷属等移动扰乱，破坏其正念，遂致不能往生者，甚多甚多。又有临终可生善道，乃为他人误触，逐起嗔心，而牵入恶道者，如经所载阿耆达五死堕蛇身，岂不可畏？"因而决定和兄弟轮流守护父亲，不让任何人移动他。

"临终前的正念"在佛教里是非常重要的，为使父亲有临终的正念，我急忙向佛光山的师父求助，请他们来为父亲助念佛号。我与佛光山的师们素昧平生，幸得他们慈悲垂怜，在宗忍法师的率领下来了四位法师为父亲助念阿弥陀佛圣号。然后，我和大哥又到附近灵山寺的旗山念佛会求助，正好佛光山的慧军法师率领十一位师父在那里讲经开示，随后一并到了舍下，总共来了十五位师父和念佛会的在家居士，在他们庄严宏大的助念声中，平时没有接触佛法的父亲，也能一字一句随念阿弥陀佛圣号，满室生异香。

师父离去后，当天夜里兄弟们一起守护父亲，母亲和姊姊也在，全家人共同为父亲助念，夜里家中并未燃香，但异香一阵一阵不断飘来，使我们深信佛菩萨慈悲，真来接引父亲了。父亲已不能动弹，但仍勉力随着我们念佛号，这时我在父亲耳边说："爸爸，您把一切都放下吧！只要看到阿弥陀佛、观音菩萨和大势至菩萨来接引您，就跟着他们的光明走，千万不要回头。"父亲含笑。

果然，父亲在清晨八点四十五分吐出他在这一世的最后一口气，离开了我们，表情安详，仿佛没有什么大的痛苦。亲友闻讯都来哀悼，有的说要为他更衣，有的要为他搬正身体，都被我们劝阻，还有忍不住哀哭的，我们也求他不要哭泣，以免影响父亲往生，因为我们深知人断气后并未完全死亡，他的神识要八个小时后才离开身体，所以仍不断为父亲唱念佛号，并再度请佛光山的师父来为父亲诵《阿弥陀经》和《往生咒》。

有一个亲戚愤愤地说："你们现在不为他更衣，八个小时后身体僵硬了，根本不能穿衣，难道你们要他光着身子离开吗？"我们也不为所动。

果然，八个小时后，母亲掀开父亲脸上所覆的白布，发现父亲脸上的表情眉头舒展，面露微笑，表情愉悦，甚至与他断气时完全不同了。他的身体犹有余温，全身柔软，宛如生前，更衣毫无困难，这时连一直在哀伤中的母亲也为之动容，相信佛号不可思议，而我更相信我佛慈悲，所言不妄，更加确定了我们为父亲做佛事的心意。

父亲在断气二十四小时后入木，一直到这时，他的身体还是柔软的。佛光山的依忍法师来主持父亲入木的仪式，为父亲清棺，盖莲花被及写满了密咒的陀罗尼被，并在父亲身上遍撒光明沙和恒河沙，奇异的是，入木后父亲的表情笑得更开朗，好像他不是死去，而是为了到一个更好的地方而欣喜。使我们虽在哀伤之中，也为父亲能有如此平静地离去而庆幸。

接下来是一连串的佛事，在民间信仰中，把超度往者的法事叫"七巡"，在佛事里则叫"七七"，要连续做七场佛事。这种观念是从《地藏菩萨本愿经》来的，《地藏经》里说："七七日内，如痴如声，或在诸司，辩论业果。审定之后，据业受生。未测之间，千万愁苦，何况堕于诸恶趣等。是命终人，未得受生，在七七日内，念念之间，望诸骨肉眷属，与造福力救拔，过是日后，随业受报。"

在佛光山法务处宗忍师父的安排下，我们在头七为父亲诵《阿弥陀经》，二七诵《地藏菩萨本愿经》，三七诵《金刚般若宝忏》，四七正逢地藏菩萨生日，全家到佛光山为父亲做"三时系念"，五七诵《金刚经》，六七诵《八十八佛洪名宝忏》，七七那天则在家里做三时系念，并做蒙山施食、焰口等普度众生。

佛教的法事不像民间信仰和道教都是在半夜进行，加上奇异的气氛，给人阴惨悲愁的感觉；而是在清晨进行，仪式光明庄严，道场的布置也是明朗伟大，让人心生赞叹，让人知道死亡虽不可免，但不是那么可怕愁惨的事。经过几场佛事，原来反对我们以佛事为父亲告别的亲友，这时也深受佛教的庄严肃穆的仪式感动，生起赞叹之心。而我们全家发心持齐念佛，把一切功德回向给父亲，使我们深信，父亲必可往生，假若他还有知，则一定欢喜我们所为他做的选择。

父亲出殡那天，由八位佛光山的师父引领，到墓地去下葬，没有铺张，没有排场，整个过程简单隆重，这种简单庄严的仪式虽不能杜悠悠众口，仍有人为我们不能给父亲办一个热闹的丧礼为憾，但更多的有理智、有认识的人则更深刻地认识了佛教的传统仪礼，是远远胜过一般民间所相信的形式。

至亲的人远离，乃是人间不可避免的苦痛，但假若我们不能令亡者在这一生中得到真正的安息，在往另一世的路途上有光明的指引，那么生者何堪？死者何欢？

父亲走完了人生的最后一程，我们心中固有难抑的哀伤，但经过这一次的锻炼与启示，我更坚信了我长时来所沉浸的对佛菩萨的信仰，佛所说的话都是不谬的真理，而佛所留下的仪礼也是人间最值得崇敬的形式。

现在的一般人，他们宁可让自己的亡亲跟随口嚼槟榔、脚趿鞋的土公仔引导，宁可接受道士神秘的符咒，宁可相信死后的亲人都是到了阴曹地府，却不能相信智慧深刻的经典，不能追随有修有证的出家师父，不能有光明庄严的正念，这才是最让我忧心的。

父亲做佛事的同时，不远处也有一家人丧失至亲，却依传统礼俗，日夜祭拜三牲，一巡杀猪一头，半夜闻到道士的法螺都让我惊心，使我更深刻地想到《地藏菩萨本愿经》中早就指出的一段经文：

> 我今对佛世尊，及天龙八部人非人等，劝于阎浮提众生临终之日，慎勿杀害，及造恶缘，拜祭鬼神，求诸魍魉。何以故？尔所杀害乃至拜祭，无纤毫之力利益亡人，但结罪缘，转增深重。假使来世或现在生得获圣分，生入天中。缘是临终被诸眷属造是恶因，亦令是命终人殃累对辩，晚生善处。何况临命终人，在生未曾有少善根，各据本业，自受恶趣，何忍眷属更为增业？譬如有人从远地来，绝粮三日，所负担物，强过百斤，忽遇邻人，更附少物，以是之故，转复困重。

不禁抚卷长叹，为什么作为人子的我们，非但不能减轻父母的重负，还要在百斤之上，再加上沉重的负担呢？呜呼！

一九八五年十月一日

201

黑衣笔记

最后一个荣耀——一九八五年八月八日

今天是父亲节,父亲今年被推选为模范父亲,将代表旗山镇去接受高雄县政府的表扬、颁奖。我昨夜坐飞机回来,原想一起随父亲到县政府去,可是父亲生病了,体力不支,母亲今早制止他前往,派哥哥代表父亲去领奖。

父亲患的是感冒,咳嗽得非常厉害,一直流冷汗,早上我为他按摩身体,劝他去住医院,他说:"已经看过医生了,只是小感冒,很快会好的。"然后问起我最近工作的情形,父子谈了半天,我只觉得父亲的语气十分虚弱。

父亲这两年身体很差,患了肾脏病和心脏病,肝脏和肠胃也不太好,动不动就感冒,而且一次比一次严重,我每次读佛经到"无常"两字就想起父亲,两年前他的身体还多么强壮!

下午,哥哥代父亲领奖回来,向父亲母亲报告场面的热闹和盛大，领回了奖牌一面和一些奖品，父亲把奖牌摆在床头，显得非常高兴。

我因报馆工作忙碌，下午搭最后一班从高雄往台北的飞机，父亲对我说："在台北，要自己照顾好自己。"这是每次我要离家，他就会说的话。我说："爸，你要多休息。"不知怎的，眼眶有点发热。

在飞机上，突然有一个不祥的预感，觉得浑身不对劲。

围城——一九八五年八月二十一日

弟弟打长途电话来，说父亲病情较重，送进屏东的人爱医院，他说："爸爸一直叫我不要通知你，怕影响你工作，不过这两天情况很坏，你还是回来吧！"

我赶紧跑去坐飞机，到高雄转出租车直接到屏东，中午就赶到了，妈妈和大弟在照顾父亲。父亲住在加护病房，每天会面只能三次，早上八点、下午一点、晚上八点各一次，妈妈看看会面的时间还早，说："我们到外面去吃中饭吧！留阿源（弟弟的名字）在这里就可以。"

妈妈说，父亲住院已经一个多星期，本来情况还好，所以没通知我，这两天病情严重了起来，妈妈说看到身体检查表，她吓一大跳，病情包括：心脏扩大、肺炎、肝硬化、糖尿病、肾功能失常等，五脏六腑都坏掉了。"你爸爸的身体就是喝酒喝坏了，你近年信佛戒酒倒是好事。"妈妈说。

在屏东找不到素菜馆，只好随便在饭店里叫一些白菜、竹笋配饭吃，妈妈说父亲生病后也不能吃荤腥，一吃就吐，只好用红萝卜、菠菜熬粥给他喝，并问我吃素会不会营养不良，我告诉她身体比以前好，她颇欣慰。

妈妈现在每天念阿弥陀佛佛号，她说："你爸爸听了你的话，每天念南无观世音菩萨名号，他说念观音比念阿弥陀佛顺口。"我说："念什么佛号都是一样的。"

回医院，进加护病房，父亲看到我来，笑得很开心，他说过几天他就要出院了，我用不着操心。我说："爸爸，您好好养病，反正在加护病房，没事就念观世音菩萨，菩萨会保佑您的。"父亲微笑点头。

听大弟说，妈妈到医院一个多星期还没有走出医院一步，今天是她第一次出医院的门口。我听了极为心痛，医院不但变成现代人生命最后的归宿，也成为病人家属的围城，大家都被围在里面、困在里面，实在是可怕的地方。

夜里，小弟从高雄来，哥哥嫂嫂和大姊都从旗山来，一家人因父亲的病围聚在一起，心中感触良多。

我和小弟回高雄睡，妈妈坚持要睡医院走廊，大弟陪伴着她。

自杀——一九八五年八月二十五日

昨夜坐夜车到台南，早上八点到十点在南鲲鯓盐分地带文艺营演讲《散文的人格与风格》，讲完后惦念父亲的病，坐车直接往屏东。

父亲的病情时好时坏，一直没有起色，他的情况稍好，妈妈就高兴，一坏，妈妈就流泪，幸而由哥哥、大弟、小弟轮流在医院陪她，使她心情还算平静。这次看到妈妈，我吓了一跳，她瘦了一圈，也老了不少。

她常常对医生说："请你用最好的药吧！只要能好起来，多少钱我都愿意花。"

这个医院的医生、设备和药都不是一流的，价钱倒是一流的，贵得离谱，父亲每天的医药费都在两万以上，有时要三万多，住院才十天，已经花去三十万，真是可怕的数目。我看父亲的病好像没有好转的迹象，医院也不是好医院，心里真着急，想为父亲转院又不敢，因为他太虚弱了。

夜里，进去看父亲，我问他感觉怎么样？

他说："念观世音菩萨，感觉好多了。"

晚上，许多亲戚来看父亲，因为气氛热闹，父亲的心情也轻松不少。

我陪妈妈睡在医院走廊，许多家属都这样席地而睡，半夜突然被人声惊醒，原来是急诊的病患送进加护病房。那病患年纪约三十几岁，身体看起来很强壮，可是他喝硫酸自杀了，喉咙部分全被烧成焦炭一样，在那里痛苦哀号。

听病人的家属说，他和太太吵架，一时想不开就喝硫酸自杀了，却没有立即死去，才惨成这样子，他的太太在一边痛哭，一句话也说不出来。

在一边听的病患家属里，有一位老人突然叹口气说："唉！有的人恨不得能把自己的家人救活，有的人年纪轻轻的却活得不耐烦，这是什么世界呀！"

是呀！这是什么世界呢？听说每个月因自杀送来急救的人就有十几个，为什么这些人不能珍惜自己的生命呢？有的人求生不得，痛苦不堪，偏偏有的人求死不能，也是痛苦不堪，这大概只有"业"可以解释吧！生死之间这么脆弱，就像一个玻璃瓶子一般，一掉地就碎了，可是就有人用力地把瓶子往地上砸。

一整夜，病房里都传来痛苦的呻吟声，我终夜都不能睡，想到人真是千百种面目，唯一相同的是无常，是生老病死，是苦。

开刀——一九八五年九月二日

父亲的病急速恶化，腹腔积满了水，无法排出，喉咙也积满了痰，医院说要给他开两刀，哥哥打长途电话来问我的意见，叫我问师父看看。

我打电话给师父，说了父亲的情形，看是不是应该开刀。

师父说："如果他寿限到了，开刀也没有用，还是不要受这种苦了。"

我心里有不祥的感觉，打电话叫哥哥不要让医院开刀，我明天就回去。

回光返照——一九八五年九月三日

带妻儿坐飞机回南部，到的时候父亲正在洗肾，全家人都守在外面等待。

弟弟告诉我，他前天夜里为父亲按摩，一边按摩一边念观世音菩萨的白衣神咒，父亲突然转过头来问他："你有没有见到观世音菩萨？"弟弟说没有，结果父亲面露微笑说："她刚刚来过了。"

我听了眼泪差一点流下来，观世音菩萨真是大慈大悲，听母亲说父亲持观世音名号从没有断过，想必是观世音菩萨来接引父亲了，可是我不敢这样说，怕母亲伤心，我说："观世音菩萨既然来了，爸爸一定会好起来的。"

晚上，爸爸洗肾出来，精神好得出乎意料，声音很洪亮，又恢复以前的笑声，和我们每个人谈笑谈了半个小时，就像他健康的时候全家人围在一起一样。

他问亮言（我的孩子）："亮言，吃饱没？"

亮言说："吃饱了！"

他说："你吃饱了，阿公还没吃饱呢！我要到别地方去吃了。"

晚上回家，大家都抱着很大的希望，认为父亲会好起来。我把带回来的《弘一大师演讲集》送给哥哥弟弟各一本，里面有《人生的最后》。

我说："不管父亲会不会好起来，万一他的寿限到了，我希望我们用佛教的仪式来办他的丧事。"

全家人都沉默了，因为不敢相信刚刚精神那么好的父亲会过世，只有我知道父亲是回光返照。

因为前天我在佛堂礼拜，对菩萨祈求："如果我的父亲有什么罪业的话，请由我来背父亲的业吧！"许完愿，右眼十分钟后就长出一个大疱，红肿疼痛，可是今天晚上见过父亲，这个却消下去了。

助念往生——一九八五年九月四日

清晨，医院来急电，说父亲已不省人事，要立即开刀，我和哥哥赶到医院，哥哥跑去问医生："你们一直坚持给他开刀，开刀会好吗？"医生说："不会，可能可以拖几天吧！"

哥哥含泪说："我不希望我爸爸再受这种折磨。"遂不顾医生的反对，坚持把父亲运回家。

下午一点三十分，由堂哥开救护车到屏东人爱医院把父亲运回旗山。这时父亲已完全不能动弹，我附在父亲耳边说："爸爸，我们要带您回家了。"父亲微笑，点头。在车上，一路引导父亲念南无观世音菩萨，父亲随念，虽已不能出声，但他的口型可以看出他念得非常有力。

回到家里，父亲声息更弱，家人都非常焦急，我说："我试试请佛光山的师父来为父亲助念。"

打电话到佛光山，辗转找到法务部的宗忍法师，他答应来，使我安心不少。晚上七点半，宗忍师父与另三名法师到家里来为父亲助念阿弥陀佛圣号，父亲张口努力随念，我仿佛听到父亲念佛的声音大声地回荡在厅堂。

邻居们议论纷纷，有的说："人还没有死就请人来念经了，真是不孝呀！"

我无言。

为了在师父走后能继续佛号不断，我和哥哥到旗山念佛会借阿弥陀佛录音带及西方三圣像，正好佛光山的师父在那里指导他们共修，九点半念佛会结束，慧军法师率领十一位法师来为父亲助念，加上念佛会的十五位居士，把家里挤得满满的。

这时屋内突然飘来一阵檀香的气味，家中并未点香，檀香味却一阵阵飘来，一阵比一阵浓，于是更虔诚地为父亲助念，这檀香气整夜未散，我趁机向妈妈进言，说菩萨来接引父亲了，我们应该以佛教的方式为父亲办后事，妈妈听到这里落下泪来，同意我的请求。

偷偷地为父亲写好往生牌位，不敢给妈妈看见。

神识出离——一九八五年九月五日

清晨，再叮咛父亲，如果见到佛菩萨来迎就跟随着去，父亲若有所闻，手指一直动着，好像在数手里的念珠。我对大姊说："爸爸可能要往生了，我们应该去买一些拜佛的用具。"

早上七点十分，与大姊到佛具店买佛灯、花瓶、香炉、香、鲜花、四果等，回到家是早上八点五十分，见哥哥弟弟默默流泪，知道父亲已往生，我扶住妈妈，请她不要大声哭泣，以免影响父亲的往生，我们则大声为父亲念佛号。

打电话给宗忍师父，四位师父于上午十点半左右抵达，为父亲助念。

亲戚朋友闻讯赶来，四姑妈在门口即放声大哭，我把她请到后面去，并向她解释为什么不能大声哭的原因。有的亲戚说要为父亲更衣，按台湾习俗，人死后要穿七套衣服，我不准他们为父亲更衣，幸得妈妈和哥哥支持我的看法，父亲的遗体才免于被搬动。

亲戚说："现在不换衣服，八小时后身体僵了，怎么换？"

我说："你们不必操心，我自己来为他换。"

一直为父亲助念到下午五点，妈妈掀开父亲身上的白布，全家人哗然，因为父亲的神情安详、面露微笑，与过世时的表情完全不同，我探触父亲身体，发现他全身柔软一如生前，身体已冰冷，唯头顶有微温，知我佛慈悲，所言不妄，差一点落下泪来。

妈妈哀怨地说："好了，你一个人到极乐世界去享受了，把我们都丢下了……"说完，忍不住落泪。

夜里兄弟一起守灵，我几次进去看父亲，心中不免哀伤，但相信父亲往生净土，使我心中宽慰不少。

整夜为父亲念佛号，最担心的是，妈妈还是一样的哀伤。

入殓——一九八五年九月六日

早上八点入殓典礼，由佛光山的依忍法师率领四位法师为父亲念《阿弥陀经》《大悲咒》《往生咒》等。

将父亲遗体装入棺中，他的身体仍然柔软。棺底铺了莲花被，遗体上再盖一张莲花被，最上层是陀罗尼被，写满秘咒，非常庄严光明，在父亲身上遍撒恒河沙和光明沙，再把光明沙放于父亲眉轮上，然后盖棺，盖棺的时候我们都忍不住落下泪来。

夜里陪母亲看父亲遗容，父亲表情喜悦，一如生前，母亲说："看起来就像是睡着了一般。"

表嫂送来《地藏经》十一本，我为父亲诵念《地藏经》一部。

做巡——一九八五年九月八日

大哥冒大雨到圆潭三贡山为父亲找墓地，我本来提议火葬，但母亲不答应，理由是："你爸爸生前最讨厌人家火葬。"

下午，跑来一个道士，问父亲"做巡"的事，民间的做巡仿佛我们佛教做七，我说我们用佛教的方式，但妈妈请道士为我们看良辰吉时，他说今天就要做"头巡"。

我跑到旗山念佛会，正好找到依果师父，依果师父以前我在佛光山见过，请他帮忙，他带领念佛会到家里来为父亲念经。

夜里，有一个人来推销要不要"库银"和"纸厝"，母亲问我的意见，我说在这些小节上我没有意见，于是决定依民间规矩，为父亲烧纸厝。

七七——一九八五年九月九日

与哥哥上佛光山与宗忍师父商量父亲的佛事，排定如下：

二七——半天诵《地藏经》。

三七——全天诵《金刚忏》。

四七——全家到佛光山参加地藏法会、三时系念。（当天是地藏菩萨生日，佛光山的师父不能下山。）

五七——半天诵《金刚经》。

六七——半天诵《八十八佛洪名宝忏》。

七七——下午放净土焰口三时系念。

按佛教仪式，做七共要四十九天，每七天做一次，但因适应现代社会，把七七的时间缩短，快一些做完，但在四十九天内仍应为父亲念佛、回向。

对于佛光山的师父能帮忙父亲的佛事，我内心充满感激，发愿有生之年，为佛教多做一点事情。旗山念佛会和朝枝表兄嫂来帮忙佛事，也令人难忘。

妈妈在晚上做了决定，决定把父亲养的鸡送人，鸽子放生，并且父亲的丧事期间，全家茹素。

丧事——一九八五年九月十日

从父亲过世后，每天在父亲灵前，我单独为父亲诵一部《地藏经》，和家人一起诵一部《阿弥陀经》，全部功德回向给父亲，希望他收得到。

下午诵完《地藏经》，体力不支，竟坐在灵前沉沉睡去，醒来时才想到已儿天几夜未好好睡觉。

晚上与专门办素席的薛太太商量办桌事宜，妈妈决定一切从简，只办十四桌。至于放焰口时的物品，则交给大姊、大嫂，和我去办，要米六石，菜、水果、干料、罐头等三十脸盆，六道可吃的菜供佛，还要准备花生、零钱、素粽、面粉做的佛手。并且要联络肯参加普度的亲友，看有多少菜，还要去借桌子和脸盆。

颇感到办理丧事的繁琐，但幸好选择了佛事，否则烦累可能还超过百倍，光是出殡那天办酒席杀生就不知道要造多少业了。

坛场——一九八五年九月十一日

这几天父亲过世的忧伤已较减低，唯有妈妈还是要耐心劝慰，她一想到父亲生前种种就忍不住流泪。

佛光山来了六位师父为父亲诵《地藏经》，共三小时才结束，感应十分殊胜。

夜里全家动员布置佛堂，以便三时系念时用，佛光山的宗忍、依忍师父来帮忙，做到十二点才结束，两位师父都满头大汗，叫我不知如何言谢。

拜忏——一九八五年九月十二日

由依辉、依果法师率八位师父来，带我们拜《金刚般若宝忏》，早上拜上中两卷，下午拜下卷，全家膝盖全部红肿，不过一想到父亲，就一点也不苦了。

由此想到师父比我们辛苦得多，这几天我特别思考到佛教的慈悲与伟大，连一向不是佛教徒的家人都感受到了，希望父亲的往生，使我可以度了我的家人。

地藏法会——一九八五年九月十四日

下午到佛光山，在地藏殿礼拜时，遇到永果师父，他谈到在医院过世的人，若直接推到冷冻柜中，由于神识尚未出离，感受到寒冷的痛苦，可能坠入"寒冰地狱"。世人不知神识出离的重要，想来真是可怕。

晚上全家到佛光山参加三时系念，这是为了地藏菩萨生日所做的大蒙山及普度，我们把这个法会当做是父亲佛事的一部分。大悲殿里道场庄严殊胜，但因人数极多，进行十分缓慢。

夜里十一点多才圆满结束。

累倒——一九八五年九月十五日

今天由依果师父带六名法师来诵《金刚经》，有一位师父诵到一半因过度劳累而昏倒，大家手忙脚乱一场，经过约二十分钟才悠悠醒来，醒来后坚持要继续参加诵经，真是令人感动不已。

下午和大姊大嫂一起去采购普度要用的东西，沿路都谈佛法，想到这些日子和兄弟守灵，谈的无非是佛法，哥哥弟弟都很有兴趣，如果能把他们带入佛教，相信父亲在天之灵也可得到安慰。

亲友——一九八五年九月十六日

早上拜《八十八佛洪名宝忏》。

下午，住在远地的亲友纷纷回来，有一些亲戚都说我们用佛教仪式办丧事非常好，比民间的庄严清净得多。朝枝兄告诉我，在旗山以佛教仪式办佛事是很少的，能办得像这样纯粹的更少，因为在旗山，佛教徒占的比例太少了。

舅舅甚至对我说："我死了，就请你帮我办一个和你爸爸一样的。"

反对最厉害的是三伯父，以及父亲生前在庙前喝酒的朋友，他们说："你父亲生前最反对人家办素席了。"

我想，那是因为父亲的无明，我自己既然已经觉悟，就要努力破这种无明，可能是我的勇气和决心，反对的亲友都一一被我说服了，感谢佛菩萨赐给我力量。

三时系念——一九八五年九月十七日

早上起来就开始布置今天的坛场，动用了十八张大桌子，许多亲戚都来参加普度，所以把桌子摆得满满，非常壮观。

三时系念由普门中学的校长慧开师父主持，仪式庄严至极，镇上的人都闻风跑来看，许多人都说："听说佛教的丧事做得很庄严，果然不错。"我想到父亲生前爱面子的个性，忍不住对父亲说："爸爸，但愿这样的仪式您还喜欢。"

做完三时系念，随俗焚烧纸厝和库银，在渐暗的黄昏中火光熊熊，家人亲友牵着绳子围着那火光，父亲的丧事终于告一段落，我这些天来也够坚强了，但看到库银一叠叠倒下，思及人生无常，竟使我落下泪来。

出殡——一九八五年九月十八日

早上在旗山体育场举行父亲的告别式，由佛光山的慧德法师率八名师父来主持，法师当场为众人开示人生无常的佛理，为父亲做了最后一场佛事。

随后，我们向来致祭的亲友答礼。在法师带领下将父亲遗体发引到圆潭三贡山安葬，我们亲手把泥土撒到父亲的新坟里。

回家的路上，亮言问我："爸爸，阿公就这样埋在地下了，他不会再起来抱我了吗？"

我说："是的。"忍不住鼻子一阵酸。

我知道，父亲的身体虽然长埋，但他的神识必然会欢喜我为他所做的一切吧！

后记:《黑衣笔记》是父亲过世前后我随手写的笔记,有些地方显得零乱,为了存真,仍保存其原貌,发表出来,希望作为父亲临终时的一个纪念。